文字學家的殷墟筆記

02 戰爭與刑罰篇

U0029550

字字有來頭

ABOUT characters

國際甲骨文權威學者 許進雄
以其畢生之研究 傾囊相授

推薦序

這是一部最可信賴的大眾文字學叢書

黃啟方（世新大學終身榮譽教授、前臺灣大學文學院院長、前國語日報社董事長）

文字的發明，是人類歷史上的大事，而中國文字的創造，尤其驚天地而動鬼神。《淮南子》就有「昔蒼頡作書，而天雨粟、鬼夜哭」的記載。現存最古早的中國文字，是用刀刻在龜甲獸骨上的甲骨文。

甲骨文是古代極有價值的文物，卻晚到十九世紀末（西元一八九九年）才發現。編成於西元一七一六年的《康熙字典》，比甲骨文出土時間早了一百八十三年，就已經有五萬多字了。

從東漢許慎把中國文字的創造歸納成「象形，指事，會意，形聲，轉注，假借」六個原則以後，歷代文字學家都據此對文字的字形、字音、字義努力做解釋。但是，由於文字的創造，關涉的問題非常多，許慎的六個原則，恐怕難以周全，所以當甲骨文出土後，歷來學者的解釋也就重新受到檢驗。當然，必須對甲骨文具有專精獨到的研究成就，才具備重新檢驗和重新詮釋的條件，而許進雄教授，就是當今最具有這種能力的學者。

許教授對文字的敏銳感，是他自己在無意中發現的。當他在書店的書架上隨興抽出清代學者王念孫的《廣雅疏證》翻閱時，竟立刻被吸引了，也就這麼一頭栽進了文字研究的天地，那時他正在準備考大學。

一九六〇年秋，他以第一名考進臺灣大學中文系；而當大部分同學都為二年級的必修課「文字學」傷腦筋時，他已經去旁聽高年級的「古文字學」和研究所的「甲骨學」了。

當年臺大中文系在這個領域的教授有李孝定、金祥恆、戴君仁、屈萬里幾位老師，都是一時碩儒，也都對這一位很特別的學生特別注意。許教授的第一篇學位論文《殷卜辭中五種祭祀的研究》，就是根據甲骨文字而研究殷商時代典禮制度的著作。他質疑董作賓教授與日本學者島邦男的理論，並提出殷商王位承傳的新譜系，讓文字學界刮目相看。然後，他又注意到並充分利用甲骨上的鑽鑿形態，完成《甲骨上鑽鑿型態的研究》，更是直接針對甲骨文字形成的基礎作探討，影響深遠，目前已經完全被甲骨學界接受，更經中國安陽博物苑甲骨展覽廳推尊為百年來對甲骨學具有貢獻的二十五名學者之一。

許教授於一九六八年獲得屈萬里老師推薦，獲聘為加拿大多倫多市皇家安大略博物館遠東部研究人員，負責整理該館所收藏的商代甲骨。由於表現突出，很快由研究助理、助理研究員、副研究員升為研究員。在博物館任職的二十幾年期間，親身參與中國文物的收藏與展覽活動，因此具備實際接觸中國古代文物的豐富經驗，這對他在中國文字學、中國古代社會學的專長，不僅有互補的作用，更有加成的效果。

談古文字，絕對不能沒有古代社會與古代文物研究的根柢，許教授治學兼容並蓄，博學而富創見。他透過對古文字字形的精確分析，解釋古文字的原始意義和它的演變，旁徵博引，都是極具啟發且有所依據的創見。許教授曾舉例說明：「介紹大汶口的象牙梳子時，就借用甲骨文的姬字談髮飾與貴族身分的關係；談到東周的蓮瓣蓋青銅酒壺時，就談蓋子的濾酒特殊設計；借金代觀世音菩薩彩繪木雕，介紹觀世音菩薩傳說和信仰。……」他在解釋「微」字時，藉由「微」字字形，從商代甲骨文、兩周金文、秦代小篆到現代楷書的變化，重新解釋許慎《說文解字》「微，眇也，隱行也」的意涵，而提出出人意表的說法：「微字原本意思應是『打殺眼瞎或病體微弱的老人』。古代喪俗。」而這種喪俗，直到近世仍存在於日本，有名的〈楢山節考〉就是探討這個習俗的日本電影。許教授的論述，充分顯現他在甲骨文字和古代社會史課題上的精闢與獨到。讀他的書，除了讚嘆，還是讚嘆！

許教授不論在大學授課或在網站發表文章，都極受歡迎。他曾應好友楊惠南教授鼓吹，在網路開闢「殷墟書卷」部落格，以「殷墟劍客」為筆名，隨興或依據網友要求，講解了一百三十三個字的原始創意與字形字義的演變，內容既廣泛，又寫得輕鬆有趣，獲得熱烈回響。

《字字有來頭》則是許教授最特別的著作，一則這部叢書事先經過有系統的設計，分為動物篇、戰爭與刑罰篇、日常生活篇、器物製作篇，讓讀者分門別類、有系統的認識古文字與古代生活的關係；再則這是國內首部跨文字學、人類學、社會學研究的大眾文字學叢書；三則作者是備受國內外推崇的文字學家，專論著作等身，卻能從學術殿堂走向讀者大眾，寫得特別淺顯有趣。這套叢書，內容經過嚴謹的學術研究、考證，而能雅俗共賞，必然能夠使中國文字的趣味面，被重新認識。許教授的學術造詣和成就，值得所有讀者信賴！

推薦序

中國文字故事多，《來頭》講古最精博！

何大安（中央研究院院士、語言學研究所前所長）

讀了《字字有來頭》這部書之後，我想用兩句簡單的話來概括我的體會。第一句是：**「中國文字故事多。」**

為什麼這麼說呢？這要從中國文字的特色說起。有人主張文字的演進，是由圖畫文字演進為表意文字，再由表意文字演進為表音文字。這是「起於圖畫、終於音聲」的一種見解，這種見解可以解釋某些拼音文字的演進歷程，自屬言而有據。不過，從負載訊息的質和量來說，這樣的文字除了「音」、以及因「音」而偶發的一些聯想之外，就沒有多餘的東西了。一旦發展到極致，成了絕對的符號，成了潔淨無文、純粹理性的編碼系統，這樣的文字，取消了文化積澱的一切痕跡，也就喪失了文明創造中最可寶貴的精華——人文性。這無異於買櫝還珠，也就不能不讓人感到萬分的可惜了。

好在中國文字不一樣，它不但擁有這種人文性，而且數千年來還在不斷的增長、生發。這種「增長的人文性」，源於中國文字的最大特點。這個特點，讀者未必想得到，那就是「方塊化」。

中國文字是方塊字。距今四五千年前，被公認為中國文字雛形的半坡、柳灣、大汶口等地的刻符，已經是縱橫有序、大小略等的「方塊字」了。而正因為是「方塊」，所以使他和其他的圖畫文字，如古埃及文字，從一開始，就走上了不同的演化道路。埃及文字是「成幅」表現的。「幅」中共組一圖的各個部件，沒有明確的獨立地位，只是零件。中國文字的「方塊」，則將原始圖畫中的部件抽象化，獨立出來。一個方塊字，就是一個自足的概念，一個表述的基本單位。古埃及文字中的零件，最終成為「詞」的很少，多半成了無意義的音符。中國文字中的每一個方塊，卻都成了一個個獨立自主的「詞」，有了自己的生命和歷史。所以「方塊化」是將「圖畫」進一步抽象的結果。從「具象」到「抽象」，從「形象思維」到「概念思維」，這是一種進步，一種文明程度的提升，一種人文性的展現。

所以，有多少中國字，就有多少最基本的概念。這是第一個「故事多」。中國字的傳承，經過幾千年的假借引申、孳乳派生，產生了概念和語義、語用上的種種變化。一個字，就有著一部自己的演變史；這是第二個「故事多」。

第三個多，就繫乎是誰講的故事了。《紅樓》故事多，那是曹雪芹所講。《聊齋》故事多，那是蒲松齡所講。中國文字反映了文化史，其關乎城闕都邑的，考古家能言之；關乎鐘鼎彝器的，冶鑄家能言之；關乎鳥獸蟲魚的，生物家能言之；關乎生老病死、占卜祭祀、禮樂教化的，醫家、民俗家、思想家能言之；但是集大成而盡精微，把中國文字講出最多故事來的又能是誰呢？在我讀過的同類作品中，只有《字字有來頭》的作者許進雄教授，足以當之。因此我有了第二句話，那就是：

《來頭》講古最精博！

各界推薦

這部書，是一座漢字文化基因庫

林世仁（兒童文學作家）

十幾年前，當我對甲骨文產生興趣時，有三本書讓我最驚艷。依出版序，是許進雄教授的《中國古代社會》、林西莉的《漢字王國》（臺版改名《漢字的故事》）、唐諾的《文字的故事》。這三本書各自打開了一個面向：《中國古代社會》將甲骨文與人類學結合，從「文字群」中架構出古代社會的文化樣貌；《漢字王國》讓甲骨文與影像結合，讓人從照片、圖象的對比中驚歎文字的創意；《文字的故事》則將甲骨文與散文結合，讓文字學沾染出文學的美感。

十幾年來，兩岸各種「說文解字」的新版本如泉湧出。但究其實，若不是「舊內容新編排」，就多是擠在《漢字王國》開通的路徑上。《文字的故事》尚有張大春《認得幾個字》另闢支線，《中國古代社會》則似乎未曾再見類似的作品。何以故？

因為這本書跳脫了文字學，兼融人類學、考古學，再佐以文獻、器物和考古資料，取徑既大，就不是一般人能踵繼其後的了。

這一次，許教授重新切換角度，直接以文字本身為主角，化成《字字有來頭》系列，全新和讀者見面。這一套五本書藉由「一冊一主題」，帶領讀者進入「一字一世界」，看見古人的造字智慧，也瞧見文字背後文化的光。

古人造字沒有留下說明書，後人「看字溯源」只能各憑本事。許教授勝過其他人的地方，在於他曾任職博物館，親手整理、拓印過甲骨。這使他跳出一般文字學者的訓詁框架，不會「只在古卷上考古」。博物館的視野，也使他有「小心求證」的能力與「大膽假設」的勇氣，後者是我最欽佩的地方。

例如他以甲骨的鑽鑿型態來為卜辭斷代，以甲骨文和犁的材質來論斷商代已有牛耕，以氣候變遷來解釋大象、犀牛、麋等動物在中國絕跡的原因，認為「去」

的造字靈感是「出恭」，都讓人眼睛一亮。所以這套書便不會是陳規舊說，而是帶有「許氏特色」的文字書。

文字學不好懂，看甲骨文卻很有趣。人會長大，字也會長大。長大的字和小時候經常大不相同，例如「為」原來是人牽著大象鼻子，有作為的意思（大概是要去搬木頭吧）；「畜」竟然是動物的腸子和胃（因為我們平常吃的內臟都來自畜養的動物）；「函」的金文作，是倒放的箭放在密封的袋子裡（所以才引申出「包函」）……凡此種種，都讓人有「看見文字小時候」的驚喜與恍然大悟！

書裡，每一個字都羅列出甲骨文或金文的不同寫法，好像「字的素描本」。例如「鹿」，一群排排站，看著就好可愛！還有些字，楷書我們並不熟悉，甲骨文卻充滿趣味。例如「龏」幾乎沒人認得，它的金文卻魔幻極了——是「雙手捧著龍」啊！類似的字還不少，單是看著它們的甲骨文便是一種奇特的欣賞經驗。

這幾年，我也開始整理一些有趣的漢字介紹給小讀者。許教授的書一直是我的案頭書。雖然有些訓詁知識對我是「有字天書」，但都不妨礙我從中看到造字的創意與文化的趣味。

漢字，是中華文化的基因，《字字有來頭》系列堪稱是一座「面向大眾」的基因庫。陳寅恪曾說：「凡解釋一字，即是做一部文化史」，這套書恰好便是這句話的展演和示例。

各界推薦

有趣又實用的語文暨書法輔助教材

徐孝育（世新大學中文系講師、世新大學中文系博士生、資深書法教師）

從事書法和讀寫教育推廣至今二十多年，在設計兒童、青少年及成人書法課程時，除了使用字帖教材之外，最需要一套能深入淺出、雅俗共賞、教學自學都好用的古文字教材，卻始終尋尋覓覓而不可得。

直到我在世新大學博士班選修了許進雄教授的甲骨文專題、古文字專題、中國古代社會等課程，深感這些課程內容不但令我受益匪淺，也對我從事書法教學大有助益，只可惜中小學教師和社會大眾卻無緣接觸這些有趣又實用的文化知識。直到今年，許教授最新力作、有系統又有趣味的大眾文字叢書《字字有來頭》，終於在盼望中應世了。

我在翻閱之後如獲至寶，立刻將《字字有來頭》的動物篇首先編入我在坊間所開設的語文學班的教材，同時也編入育幼院的閱讀書寫課程之中，讓這些國小到高中的孩子們，能從中學習到嚴謹而不失趣味的古文字的知識。我更嘗試將之編入書法課程，讓學生透過文字中有文化，文化中有故事，字字都有來頭的習字課程，吸收古文字的背景知識，寫起書法更有樂趣！

孩子們在學習寫古文字時，一面寫字，一面口中念念有詞：「『為』就是一隻手牽著大象的鼻子……「『虣』就是用一把戈，面對著老虎搏鬥……」大一點的孩子還能將內容畫成自己的心智圖呢！

對於一個非古文字專業的書法和讀寫推廣者而言，這部書除了在備課時能輕鬆上手，將之編成數位化教材更能適合大班級的講授。最重要的是，不必擔心教材的專業度，也能安心使用，不怕用錯教材、講錯字。如果學生是更高程度的孩子或成人，也不用煩惱教材的延展度，因為許進雄教授還有相關的學術著作和大學用書可以參考，備課時可將更專業的資料加入補充教材中，增加教材內容的深度及廣度。這部書，確實是非常實用的語文暨書法輔助教材，而且，它極專業卻淺顯好讀，最是可貴。

自序

字的演變，有跡可循：淺談中國文字的融通性與共時性

自加拿大皇家安大略博物館退休後，返臺在大學中文系授課，其實已是半退休狀態，本以為從此可以吃喝玩樂，不必有什麼壓力了，不想好友黃啟方教授推薦我為《青春共和國》雜誌，每個月寫一篇專欄，介紹漢字的創意，對象是青少年學生。本來以為可以輕鬆應付，不料寫了幾篇以後，馮社長又建議我編寫同性質的一系列大眾文字學叢書，分門別類介紹古文字以及相關的社會背景。我曾經出版過《中國古代社會》，也是分章別類，探討古代中國社會的一些現象，兼介紹相關的古文字，可以以它為基礎，增補新材料，重新組合，大概可以符合期待，所以也就答應了。現在這套書已陸續完成，就借用這個機會來談中國文字的融通性與共時性，做為閱讀這套書的前導。

※ 本書所列古文字字形，序列均自左而右。

中國從很早的時候就有文字，開始是以竹簡為一般的書寫工具。但因為竹簡在地下難於長久保存，被發現時都腐蝕潰爛，所以目前所能見到的資料，都是屬於不易腐爛的質材，例如刻在晚商龜甲或肩胛骨上的甲骨文，以及少量燒鑄於青銅器上的銘文。由於甲骨文字的數量佔絕對多數，所以大家也以甲骨文泛稱商代的文字。商代甲骨文的重要性在於其時代早而數量又多，是探索漢字創意不可或缺的材料。同時，因為它們是商王室的占卜紀錄，包含很多商王個人以及治理國家時所面對的諸多問題，是關係商代最高政治決策的第一手珍貴歷史資料。

商代時期的甲骨文，字形的結構還著重於意念的表達，不拘泥於圖畫的繁簡、筆畫的多寡，或部位的安置等細節，所以字形的異體很多，如捕魚的漁字，甲骨文有水中游魚，釣線捕魚，撒網捕魚等多種的創意。又如生育的毓（育）字，甲骨文不但有兩個不同創意的

結構，一形是一位婦女產下帶有血水的嬰兒的情狀④，一形是嬰兒已產出於子宮外的樣子。前一形的母親還有頭上插骨笄或不插骨笄的區別，甚至簡省至像是代表男性的人形，更有將生產者省去的，還有又添加一手拿著衣物以包裹新生嬰兒的情狀。至於嬰兒滑出子宮之外的字形，也有兩種位置上的變化。儘管毓（育）字有這麼多的變化，一旦了解到毓字的創意，也就同時對這些異體字有所認識。

又由於甲骨卜辭絕大部分是用刀契刻的，筆畫受刀勢操作的影響，圓形的筆畫往往被契刻成四角或多角的形狀，不若銅器上的銘文有很多圖畫的趣味性。如魚字，早期金文的字形就比甲骨文的字形逼真得多⑤。商代時期的甲骨文字，由於是商王兩百多年間的占卜紀錄，使用的時機和地點是在限定範圍內，有專責的機構，所以每一個時期的書體特徵也比較容易把握，已建立起很嚴謹的斷代標準，不難

④

⑤

確定每一片卜辭的年代。這一點對於字形演化趨向，以及制度、習俗的演變等種種問題的探索，都非常方便而有益。

各個民族的語言一直都在慢慢變化著，使用拼音系統的文字，經常因為要反映語言的變化，而改變其拼寫方式，使得一種語言的古今不同階段，看起來好像是完全沒有關係的異質語文。音讀的變化不但表現在個別的詞彙上，有時也會改變語法的結構，使得同一種語言系統的各種方言，有時會差異得完全不能交流；沒有經過特殊訓練，根本無法讀得懂一百年前的文字。但是中國的漢字，儘管字與辭彙的音讀和外形也都起了相當的變化，卻不難讀懂幾千年以前的文獻，這就是漢字的特點之一。這種特性給予有志於探索古代中國文化者很大的方便。

西洋社會所以會走上拼音的途徑，應該是受到其語言性質的影響。西洋的語言屬於多音節的系統，用幾個簡單音節的組合就容易造出各個不同意義的辭彙。音節既多，可能的組合自然也就多樣，也就容易使用多變化的音節以表達精確的語意而不會產生誤會，這就是它們的優勢與方便之處。然而中國的語言，偏重於單音節，嘴巴所能發聲的音節是有限的，如果大量使用單音節的音標去表達意義，就不免經常遇到意義混淆的問題，所以自然發展成了今日表意的型式而沒有走上拼音的道路。

由於漢字不是用音標表達意義，所以字的形體變化不與語言的演變發生直接關係。譬如大字，先秦時侯讀若 dar，唐宋時候讀如 dai，而今日讀成 da。又如木字，先秦時候讀若 mewk，唐宋時候讀如 muk，今日則讀為 mu。至於字形，譬如昔日的昔，甲骨文有各種字形⑥，表達大水為患的日子已經過去了；因為商代後期控制水患的技術已有所改善，水災已不是主要的災害了，所以用以表達過去的時態。

⑥

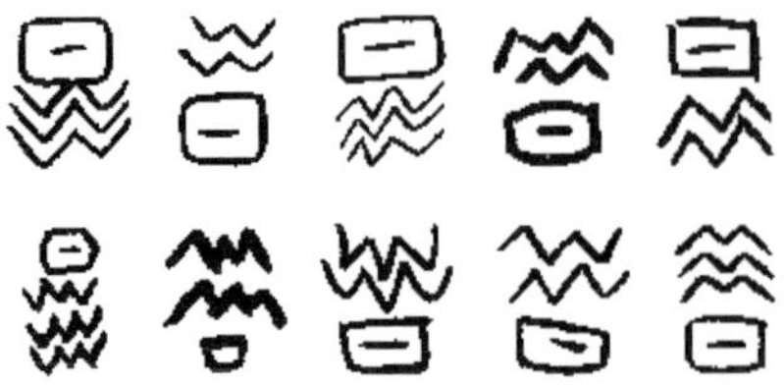

其後的周代金文，字形還有多種形象⑦。秦代文字統一，小篆成固定的㫺字形。漢代後更進一步改變筆勢成隸書、楷書等而成現在的昔字。幾千年來，漢字雖然已由圖畫般的象形文字演變成現在非常抽象化的結構，但是我們還是可以看到字形的演變是有跡可循的，稍加訓練就可以辨識了。

融通性與共時性，是漢字最大特色。一個漢字既包含了幾千年來字形的種種變化，也同時包含了幾千年來不同時代、不同地域的種種語音的內涵。只要稍加學習，我們不但可以通讀商代以來的三千多年文獻，還可以不管一個字在唐代怎麼念，也讀得懂他們所寫的詩文。同樣的，不同地區的方言雖不能夠相互交談，卻因其時代的文字形象是一致的，可以通過書寫的方式相互溝通。中國的疆域那麼廣大，地域又常為山川所隔絕，包含的種族也相當複雜，卻能夠融合成一個有共識、可辨識的團體，這種特殊的語文特性應該就是其重要因素。漢

⑦

字看似非常繁複，不容易學習，其實它的創造有一定的規律，可以觸類旁通，有一貫的邏輯性，不必死記。尤其漢字的結構千變萬化，筆畫姿態優雅美麗，風格獨特，以致形成了評價很高的特有書法藝術，這些都不是拼音文字系統的文化所可比擬的。

世界各古老文明的表意文字，都可以讓我們了解那個時代的社會面貌。因為這些文字的圖畫性很重，不但告訴我們那時存在的動植物、使用的器物，也往往可以讓我們窺見創造文字時的構想，以及借以表達意義的事物信息。在追溯一個字的演變過程時，有時也可以看出一些古代器物的使用情況、風俗習慣、重要社會制度、價值觀念或工藝演進等等跡象。西洋的早期文字，因偏重以音節表達語言，以意象表達的字少，因而可用來探索古代社會動態的資料也少。中國由於語言的主體是單音節，為了避免同音詞之間的混淆，就想盡辦法通過圖象表達抽象的概念，多利用生活經驗和聯想來創造文字，因此，我們一旦了解一個字的創意，也就某種程度了解創字當時的社會背景與生活的經驗了。

目次

3 儀仗用武器／083

4 防護裝備／

5 軍事行動

1

原始武器

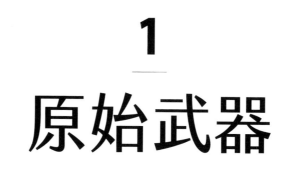

競爭是自然界為了生存所採取的手段。為尋求必要的生存物資，當雙方的利益不平衡時，為了保存自己，不能不透過各種途徑壓制對方。戰爭就是壓制對方、解決爭執的有效方法。人類及動物界，用攻擊的手段把對方屈服或殺害，是很平常的事；最激烈的行動，就是把對方消滅。

雖然戰爭是殘酷的行為，卻是人類文明發展，不可或缺的主要動力。戰爭需要更有效的武器，促進了工藝進步，工具改良後可以提高生產量。還有，弱小者為了對抗強者，就共同聯合起來成為集團，也逐漸擴大戰爭的規模。

為了提高戰鬥績效，就要有良好的組織，由有能力的人領導。這些過程，終於促成建立國家制度。所有文明國家，都是在不斷爭戰中成長起來的。傳說中的華夏始祖黃帝，就是在經過五十二次戰爭之後，才統一了黃河流域各個大小部落。

原始社會的工具，多數與取食有直接關係。那時候的工具與武器，只是使用的對象不同，其形狀沒有顯著的分別。在初期人與野獸爭生存的時代，只要有足夠的重量和稜角，足以造成殺傷力的工具，都可以拿來做為武器，很少有專為格殺而製造的專用武器。

人類最早遭遇具威脅性的敵人，是凶猛的野獸。野獸雖有銳利的爪牙，強壯的身軀，但因人類可以借助他物來防禦自己，攻擊野獸，所以在長久的鬥爭中，人類終於成為勝利者。

父 ㄈㄨˋ fù

甲骨文的父字①，是手拿石斧的樣子。父字的金文字形②，石斧的形狀表現得更為清楚，一端尖銳，一端渾圓。渾圓的一端可以當做槌子，用來重擊東西。尖銳的一端可以當作斧頭，利用刃部切割材料。

石斧可以說是古時候一種多用途的工具，砍樹、鋤地等重要的工作都需要使用它，甚至到了青銅時代早期，石斧仍舊是男子工作的主要工具。在商代，這個字是做為對父輩眾親長的稱呼，因此有人以為，石斧是用來表示男性對女性或父親對兒女的權威。其實，父的稱謂可能只是源自新石器時代的兩性分工。

①

②

母系氏族的社會，子不知其父，由母親負起養育責任，並且有效控制子女的勞動成果。那時代，財產繼承權也經由女性，男子並不特別尊貴。石斧沒有威權的象徵。孩子稱呼母親的多位伴侶或兄弟為父，只因他們都是勞動力的成員，並不含特別親近或敬畏的成分。

到了小篆，石斧的長度短縮，已看不出所表達的形狀，所以《說文解字》解釋：「，家長率教者。从又舉杖。」以為是手持管教兒女的手杖形狀。只要將小篆與甲骨文及金文的字形對照，就能判斷《說文解字》的分析是錯誤的。

磨製石斧
長 14.9 公分，青蓮崗類型，約西元前 3300- 西元前 2500 年。穿孔是為綑綁木柄而設，可以增加揮舞的力道並減少對手掌的反彈力。

斤 ㄐㄧㄣ jīn

用手拿的石斧，後來進一步改進，改為綁在長木柄上，可以增加揮舞的力道與範圍，造成更大的殺傷力，也可以減少反彈力，避免手掌受到傷害，比單手操作的手斧大為進步了。

甲骨文的斤字，表現出在一把木柄上綑縛石頭或銅、鐵質材的伐木工具（如左圖）。斤可以使用雙手盡全力砍伐樹木，也可以用來挖掘坑阱、翻耕田地等等，是古代最常見、最有用的工具。這種工具的把柄，大致選取有樹木枝枒部分。至於前端的刃，早期使用的石頭，是用打擊方式製作成的，後來改進使用磨製的方式，打擊效果更佳，手掌也比較不容易受傷。等到有了更為銳利的銅、鐵等材料

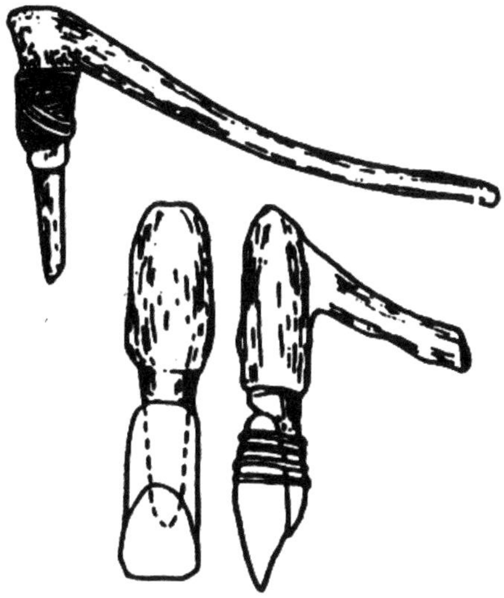

新石器時代常見的伐木工具。

以後，就以銅、鐵製作了。後來，斤字表達石錛ㄅㄣ部分與木柄離析，而成為金文與小篆的字形，就很難看出真正的石斧形象了。

《說文》：「，斫木斧也。象形。凡斤之屬皆从斤。」雖然解釋為象形是正確的，但是並沒有指出哪一部分是斧頭的刃，哪一部分是手柄。

斤字的這塊綑綁在木柄前端的石錛，有大致的標準重量，所以被借用，表達一斤的重量；不過，稱量並不是非常精確。而各國採用的斤，實際重量也不一致。直到秦代，才確立「黃金一寸立方的重量為一斤」的標準。從此，就比較容易掌握一斤的確實重量了。

兵 ㄅㄧㄥ bīng

甲骨文的兵字❶，是雙手拿著一把裝有木柄的石斧形狀。綑綁木柄的石斧的斤字，是砍伐樹木的笨重工具，可以用雙手揮動使用。再看看金文的兵字❷，斤字的構件已略有訛變；到了小篆，訛變更多。

《說文》：「，械也。从廾持斤，并力之貌。，古文兵从人、廾、干。，籀文兵。」雖然沒有分析斤字是何種形狀，但解釋這個字是雙手持斤，是正確的。許慎還點出「并力之貌」，也說明了使用雙手，在於結合雙手的力道。

石斧的斤，本來是一種農墾的工具，並不是與人格鬥的理想武

❶

❷

器。這個字初創的時候，人們常把日常工具做為武器使用，所以延用來表達武器的意義。不但商代以前的人們用工具做為武器，後代農民反抗政府苛政，如果找不到合適的武器時，也會使用農具替代。兵字的意義本來是武器，後來擴充用來表示持用武器的兵士。

2

戰鬥用武器

在人與野獸爭鬥的時代，因為人與野獸的智力相差懸殊，不必創造太精良的武器就可以克制牠們。但是到了人與人相爭的時代，如果沒有更為優良的武器與戰略，就難以制服智力與體力都相當的對手。所以，隨著戰爭規模擴大，武器的形制愈見犀利，製作的材料也從石頭演進到青銅，從青銅演進到鋼鐵，兵器的形態不斷改良，戰鬥技術應用也愈見靈巧。

戈 ㄍㄜ gē

甲骨文的戈字❶，是一把在木柄上裝有尖銳長刃的武器形狀（如第47頁圖）。銅戈是利用雙手揮舞的力量，用尖銳的刃砍劈敵人頭部，或借用銳利的長刃割拉脆弱的頸部，達到殺敵的目的。

雖然戈的形式或許可能取自農具的鐮刀，但是我們可以肯定的說，銅戈是針對人類弱點所打造的新武器。它是戰爭升級、國家興起的一種象徵。

短柄銅戈的長度，大致從八十幾公分到一公尺左右，可以單手使用，數量較少。長柄銅戈就得使用雙手把握，長度約有一個人的高

❶

度。戰車上使用的，則要超過三公尺長度。秦朝陶兵俑坑所出土的戈，木柄最長的是三八二公分。

銅戈的形制是針對人類身體的弱點——脆弱的頸部而設計的新武器。一般動物的高度比人類低矮，使用銅戈去攻擊動物，不會很有效。所以說，銅戈是針對人類設計的，也是戰爭升級、國家興起的一種象徵。使用戈的構件所組合的字，因此都與戰爭的意義有關。

為了強化殺傷力，武器不斷改良。早期的戈，是用下邊的利刃砍劈或勾勒敵人頸部。後來戈的刃部經過改良，延伸到柄的一邊而成為胡，增加刃部的長度和攻擊的角度，以便對付敵人穿戴保護頭部的盔冑，攻擊敵人的頸部和肩部。同時為了要增加銅戈被綑綁在木柄上的牢固程度，就在戈的胡上鑄造孔洞，方便穿過繩索綑縛。又把木柄做成橢圓形狀，方便手指掌握。

長 21.8 公分，寬 6.8 公分，
商晚期，西元前十三至前十一世紀。

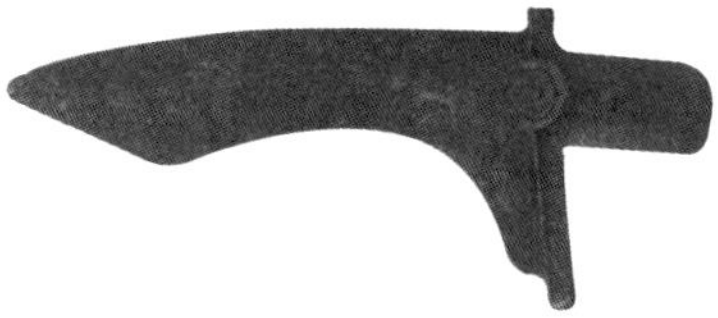

長 22.8 公分，寬 9.4 公分，
西周，西元前十一至前九世紀。

長 30.4 公分，寬 12.2 公分，
戰國，西元前五至前三世紀。

伐 ㄈㄚ fā

甲骨文的伐字❶，作拿戈砍擊一個人頸部的樣子。兩周時期的金文，戈字的柄部雖然變彎曲了❷，砍割一個人頸部的要素仍然保留。但是，秦代的小篆卻把人的構件自兵戈分離了。《說文》：「，擊也。从人持戈。一曰敗也。亦斫（ㄓㄨㄛˊ）也。」就沒有看出這個字的創造要義，在於砍劈一個人的頸部，而不是無目標的亂砍。

❶

❷

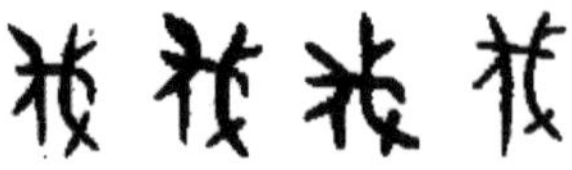

戍 ㄕㄨˋ

shù

甲骨文的戍字，也是人字與戈字的組合❶，但伐字表達的重點是戈穿過人的頸部，表示攻擊的部位。戍字的人卻在戈之下面，表現一個人以肩膀擔荷著兵戈，重點在於守衛疆土的樣子，所以有戍守邊疆的意義。

❶

戒 ㄐㄧㄝˋ jiè

甲骨文的戒字❶，是雙手緊握著一把戈，表現出一種警戒的備戰狀態。平時可以單手拿着戈，但是要攻擊敵人時，就要使用雙手才有力道，所以雙手持戈是一種備戰的姿勢，有戒備的意義。

這個字正確的寫法，兩手應該分別在戈的兩邊，但後來的寫法漸漸把雙手下移。《說文》：「，警也。从廾、戈。持戈以戒不虞。」雙手已被移到戈的下邊，還可以理解是表現拿著戈有所警戒的創意。後來為了讓字形有方正的外觀，兩隻手都被移到戈的左邊（戒），就失去緊握著兵戈而有所戒備的原始創意了。

❶

戠（識）

ㄓˊ zhí

甲骨文的戠字，由戈字與三角形組成。後來三角形之下加了一個口的裝飾符號①，這是文字演變的常規。創意大半來自使用兵戈砍斫某個物件而留下了一個三角形標記，用途是做為識別的記號，所以延伸成為表達識別、辨識等意思。

古代行軍或作戰時，常要深入森林；森林裡沒有路徑，如果使用銅戈砍劈樹幹，留下一個個三角形標記，就可以憑藉著記號而循序退出森林。這是軍人常做的事，所以衍生記號、辨識等意義。金文的字形②已經大幅訛變，三角形下加了對稱的兩點，後來更與口結合在一起而成為音字。所以《說文》連意義也說不清了：「戠，闕，从戈、

①

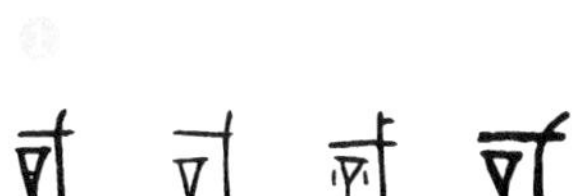

②

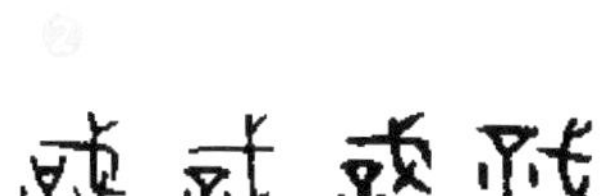

从音。」

商代有日食、月食與日戠、月戠的記載。日蝕、月蝕，已經使用食字表達，表示日與月的形象已被吃掉了一部分。另一種天象，日或月有戠，就很可能使用其本義，即刻識，表示太陽或月亮的表面出現了斑點或陰影。現在用儀器觀察，發現太陽表面有黑斑，其溫度比周圍要低得多。斑的大小有規律性的變化，大約以十一年為一周期。黑斑愈大，磁場也愈強，對地球的通訊電波和氣候都有影響。

太陽的光線非常強烈，在正常的情況下，若直視太陽，可能使人失明，但是中國人起碼從漢代起就經常記載太陽的黑斑現象。如《漢書．五行志》記載西元前二十八年的農曆三月乙未日，太陽呈黃色，有黑氣如銅錢模樣位居中央。其他的描寫還有像彈丸、飛鵲、棗、或雞蛋等等。有說它三日就不見，或數月才消失。比起西洋同樣的觀察，起碼要早了千年。

商代的人認為「日有戠」是一種異常現象，可能導致吉祥或凶惡，因此要特地向祖先報告，並且卜問它的出現是代表福祉還是禍患。甲骨卜辭：「日有戠？允唯戠。」（如下圖），允字在甲骨卜辭是預示已經應驗的用語。「日有戠」（太陽有刻識）如果確實是商代對於日斑的描寫，而且竟然還能事前加以推測日斑的出現而致應驗了，這可以算是極為驚人的成就。

甲骨卜辭有「日有戠？允唯戠。」的記載。（合集 33700）

馘 ㄍㄨㄛˊ guó、取 ㄑㄩˇ qǔ

甲骨文的馘字①，是一把兵戈和繩索懸吊著的眼睛的組合。古文字常用眼睛代表頭部，所以馘字創始的意義，是敵人的頭顱被懸掛在兵戈上的樣子（如左圖）。它被用來表達殺敵的成果。頭顱的重量過重，不便多攜帶，所以對於不重要的敵人，不妨只割取左耳做為殺敵的憑證。所以後來的字形，又有以耳朵替代頭顱的首字而成為聝字。

甲骨文的取字②，是耳朵被拿在手中的樣子。耳朵既然能夠拿在手中，當然是已經被割了下來。殺死敵人之後還要割下其左耳，不用說，是為了領賞。被殺的敵人以兵士為多，所以馘字大多用來表達割下耳朵的意義。

①

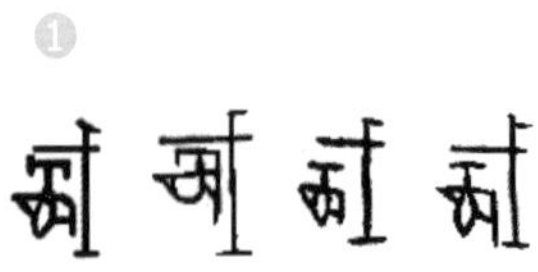

②

金文的聝字③，字形已經嚴重訛變，已看不出戈上懸吊著頭顱的要點了。《說文》：「聝，軍戰斷耳也。春秋傳曰：以為俘聝。从耳，或聲。馘，聝或从首。」這個字已訛變成為像似形聲字的結構了。

戰國時代的銅殘片上的殺馘紋飾。
（中間持戈的手還懸掛一個人頭）

③

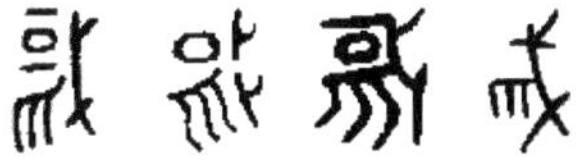

西周晚期的《多友鼎》記載與西北方玁狁的戰爭：「多友迺獻俘、馘、訊于公，武公迺獻于王。」多友在殺敵後，獻上戰利品；俘指俘獲車馬，馘或稱為折首，就是把頭顱給摘了下來；訊或稱為執訊，就是捉到活口，可以刑求套問敵方的訊息。《逸周書・世俘》記載周武王克商之後，曾經在周廟舉行過四次獻馘的典禮。周王朝不但自己舉行獻馘的禮儀，諸侯國如有軍事勝利時，也被要求履行向周廟獻馘的義務。對字和叢字的創意，也都與殺敵割耳的習慣有關。

臧

zāng

甲骨文的臧字(1)，是一隻豎立的眼睛，被兵戈刺傷的形狀。

戰爭經常是為了經濟掠奪，除了財物，人員也是捕捉的對象。人可以用來服勞役，從事生產或雜務。但是要利用俘虜，就得有辦法控制他們的反抗。想要控制一個有戰鬥力的俘虜，最重要的就是減輕他的反抗能力，但又必須拿捏輕重，否則若是使俘虜失去了生產能力，就不能利用奴隸創造財物了。所以，刺傷罪犯的一隻眼睛，是古代很多民族常使用的手法。單眼的視力不及雙眼的視野廣，會大大減低戰鬥力，卻不會減低工作能力。瞎了一隻眼睛的俘虜，反抗能力減低，較

(1)

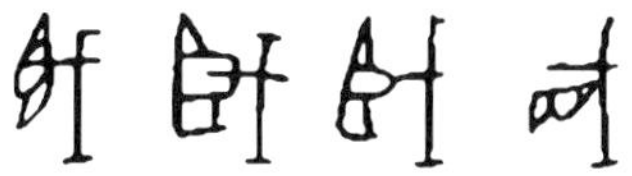

能順從主人的旨意，不多做抵抗。對主人來說，順從是奴隸的美德，所以臧字有臣僕和良善的兩種意義。使用戈的構件來造字，大概重點就在於強調俘虜是戰爭的勝利品吧。

矛 ㄇㄠˊ

máo

矛是直刺的長兵器，基本上是在長柄上端裝一支尖銳的東西而成。如果長度比較短，用投擲的方式攻敵，稱為鏢。

人類自舊石器時代就會製作石矛或骨矛，出土文物中，也有數量很多的商代銅矛，可是還沒見到商代使用矛字。

用矛這種兵器攻敵，只有直刺一種方式，過於簡單，因此大都套合戈來使用，使得戈變成可以砍劈，可以拉割，還可以直刺的靈活兵器，這樣套合的兵器也叫做戈。後來戈與矛渾鑄成為一體的仍叫做戈，或叫做新的名字戟。

實際作戰時，很少單獨用矛做兵器，也許因此甲骨文沒有提到矛字。金文也少見到矛字，其中一個字形還可以看得出矛字也是一個象形字。原來的字形應該像楙字❶中的矛構件，木柄是筆直的，前端是刺人的尖銳物，柄旁的圈，用來繫綁裝飾的絲帶，或也可以繫綁長繩索用來投擲。攻擊不到目標時，還可以收回再度使用。

演變到小篆，字形已起了很大的訛變，很難看得出矛字是一支直柄矛的形象，《說文》：「，酋矛也。建於兵車，長二丈。象形。凡矛之屬皆从矛。，古文矛从戈。」雖然矛字已經不像直柄矛的形狀，《說文》還知道矛是一個象形字。

❶

青銅矛，長 25 公分，商晚，
西元前十四至前十一世紀。

青銅矛，長 26.6 公分，商晚，
西元前十四至前十一世紀。

與矛套合的青銅戟，
長 31 公分，寬 15 公分。
約西元前 550 年。

弓 ㄍㄨㄥ gōng

甲骨文的弓字❶，是弦線或弦線還沒有掛上的一把弓的象形。金文的字形❷，還保留這兩種字形。《說文》：「，窮也，以近窮遠者。象形。古者揮作弓。周禮六弓：王弓、狐弓，以射甲革甚質；夾弓、庾弓，以射幹侯。鳥獸唐弓、大弓，以授學射者。凡弓之屬皆从弓。」小篆只剩沒有上弦的弓的一種字形了，也沒有說明如何像一把弓。

弓的原理是借弦線的彈力，把東西彈射出去。它彈射出去的速度快，很難迴避其飛行的路線，對於不知迴避的野獸，弓是非常有效的武器，但對於知道迴避的人類，就不是那麼有效了。

❶

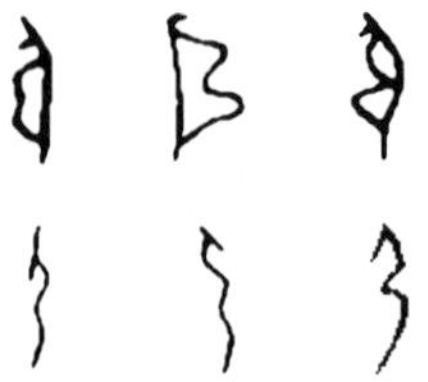

❷

開始使用弓的時代可能很早。根據遺址出土的石鏃（ㄘㄨˋ）形狀，有人以為三、四萬年前的舊石器時代晚期，就知道使用弓弦發射。在舊石器遺址發現的尖銳三角形小石器，最先可能是綑縛在樹枝上投射，後來才曉得利用弓弦的反彈力量射出。河北武安磁山發現不少的骨鏃，顯示七千四百年前的人們已普遍使用弓箭。弓箭的發明，使人們可以不必太接近野獸卻仍可以殺傷野獸，避免許多危險。再加上人類懂得設坑布置陷阱，從此野獸就處於絕對劣勢，難與人類抗衡。

弘

hóng

甲骨文的弘字❶，像是一把弓的主體下方有一個勾起的裝置形，用做表示高程度的形容辭。盛壯、宏大，屬於抽象的意義，有可能只是使用讀音的假借方式。如果是引申的意義，就可能是因為這種裝置是掛住弓弦，讓弓弦發射出更強的力道，或是更大的振動力而來的。現在沒有跡象可以判斷哪一個說法比較好。

金文的字形保持不變❷。小篆的字形，這個鈎狀的東西脫離了弓體，以致《說文》解說這是一個形聲字：「，弓聲也。从弓，厶聲。厶，古文肱字。」其實是不對的。一個字的聲符，一般是自成獨立，不與意符連在一起。甲骨文、金文的弘字，卻整個字是一個單

❶

❷

位。而且厶，是私字的字源，與弘的音讀也不同。

強 ㄑㄧㄤˊ qiáng

甲骨文的強字，初形，口字在弓體裡面。因為弓字裡頭的空間有限，不容易書寫正確，所以就把口字移出弓外，成為分離的形式，表示弓弦拉張得好像嘴巴（口）的形狀，才是強勁有力的弓。如果能拉得很滿，就表示這把弓體的反彈力太弱，射出去的力道就不強勁，不是理想的弓了。為了使弓體更為強壯，反彈力更為強勁，有的使用雙層的竹片做成弓體，成為複體弓。甲骨文的弜（ㄐㄧㄤˋ）字寫作❶，金文❷和小篆的字形也都一樣，描繪兩層的弓體形狀。

《說文》：「，彊也，重也。从二弓。凡弜之屬皆从弜。闕。」「闕」字的意思是音讀不清楚。其實這個字後來加了一個聲符「百」而

❶

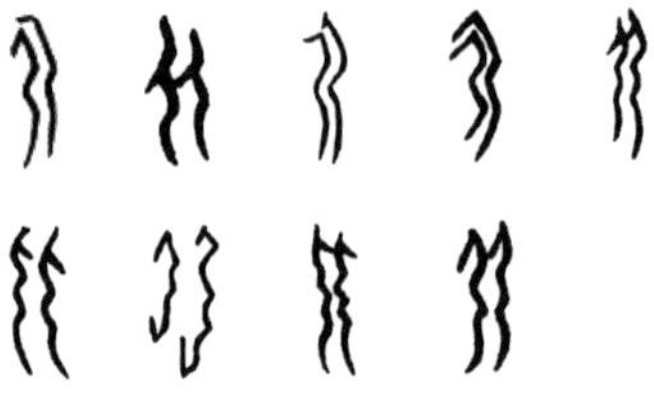

成為弜字，意義為輔助。在甲骨文，這個字都假借為否定副詞。

另一種做法是把角質的東西熔化，塗在弓體上，這樣可以加強弓的發射力道，所以良好的弓多名為角弓。依《考工記．弓人》，弓的製作非常講究。「冬折幹，春液角，夏治筋，秋合三材，春被弦。」（冬天時砍折材料製作弓體。春天熔化牛角，用來刷塗在弓體上。夏天製作牛筋做為弓弦。秋天要把三種材料組裝起來。次年春天就把弦安裝上去。）要經過一年的時間才能完成。弓是武士勝敗生死所繫，不能不嚴格要求，所以選材要精審，修治要合法，尺寸要正確，力道要調合，要發射後都能命中目標，不差毫厘。

從弓的字形裡移出的口字，到了金文時代，寫成了圓圈，有可能為求毛筆書寫的快速，三道筆畫的口，在快速書寫下變成了厶，如此就會和弘字混淆，所以強字就加上一個虫，做為分別，成了形聲

字的形式。

《說文》：「，蚚也。从虫，弘聲。，籀文強。从蚰、从彊。」有可能是為了區別強字與弘字，籀文另外創造形聲字的从蚰、彊聲。但字形太過複雜，所以普遍使用加虫的字形。強字絕不是從弘聲，因為強字與弘字的音讀不同韻部。

彈 ㄉㄢˋ

dàn

弓弦所能發射的東西有兩種，一是石塊，一是箭。甲骨文的彈字①，就是一塊小石塊在張著的弓弦上等待發射的樣子。對於這個甲骨文字的認識，是通過《說文》的字形比對才敢肯定的。

《說文》：「彈，行丸也。从弓，單聲。，或說彈从弓持丸如此。」引文所說的「从弓持丸」，就是基於甲骨文的字形來的，是把弓的弦與彈丸從弓體分開的訛變結果。否則就沒辦法理解丸字的創意了。

《說文》又說：「，圜也。傾側而轉者。从反仄。凡丸之屬皆

①

从丸。」反仄怎麼會有圓的意義呢？顯然這是來自甲骨文彈字的彈丸與弓弦部分而有所訛變。彈丸是圓形的東西，所以才有圓的意義。有時《說文》所保留的訛變的字形，也對我們理解古文字有所助益。

矢 ㄕˇ

shǐ

弓所發射出來的東西，最常見的是箭，古代稱為矢。甲骨文的矢字❶，就是一支箭的形狀。箭的尖銳前端是殺傷目標用的。末端嵌有羽毛，作用是穩定飛行。

針對不同目的，箭頭也有幾種不同的形狀。尖銳的是以殺傷為目的，鈍頭的是以打昏對方、活捉對方為目的。有的箭頭設計能發出聲響，是以傳訊或警戒為目的。

金文的字形❷，先是在箭桿上增加一個圓點，再演變為一道短橫線。《說文》：「，弓弩矢也。从入，象鏑栝(ㄍㄨㄚ)羽之形。古者夷牟初

❶

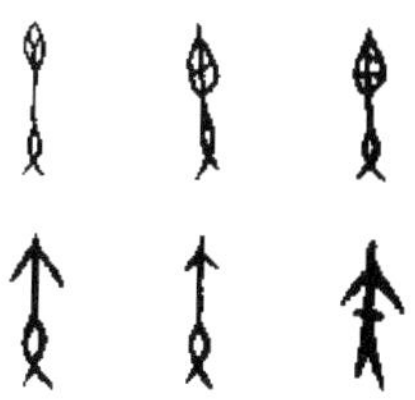

❷

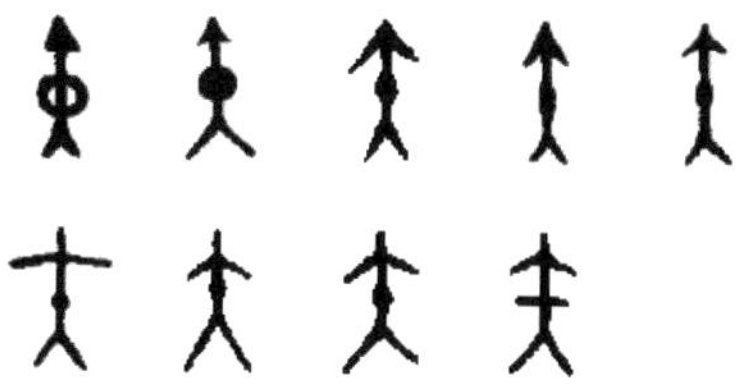

作矢。凡矢之屬皆从矢。」雖然文字的訛變已很大，《說文》還知道矢字是整支箭的象形。

晚商時代一個遺址出土了一支完整的箭，全長是八十五公分。箭的飛行軌道會因弓弦的鬆緊，以及弓箭的長度和重量有關，所以製作要非常精準，不可以馬虎。

齊

qí

甲骨文的齊字❶，是幾個箭鏃的形狀。原先應該是三件齊平擺放的，後來文字的常規，三個同形時，採取上一下二的擺放原則，所以金文字形❷也大都如此呈現。

後來箭鏃的字形逐漸發生變化，被誤會為代表禾麥的形象。《說文》：「齊，禾麥吐穗上平也。象形。凡齊之屬皆从齊。」解釋為禾、麥的成長高度都一樣高平。

禾與麥類植物的自然成長，一定是各株高低不齊。只有在人為控制下的產物，才會有同樣高度或長度的成品。一支箭由鏃、桿、羽三

❷

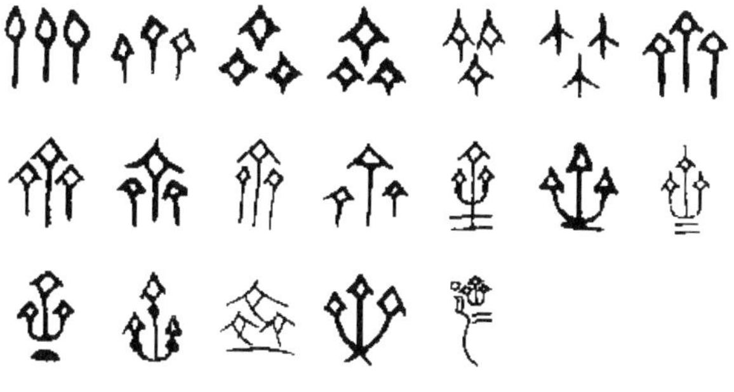

❶

部件組裝完成。三個構件各要一樣的長度和重量，才能使飛行的軌道都有一致規度。箭頭的鏃是青銅的質料，使用兩片的型範鑄造的，可以有效控制小件器物的形狀和重量，所以古人就以這種特性，創造了齊平、齊整的意義。

葡

bèi

甲骨文有一個字①，像是一支或兩支箭安放在一個開放式的箭架上的樣子。這個字的金文字形②，大都是做為族徽，保留了更為寫實的箭架的形象。而最後一個實用的書寫字形，告訴我們，是箭末端的羽翎的訛化，而下頭的箭架因類化而成為用字。這樣就看到小篆的字形了。

《說文》：「葡，具也。从用，苟省。」沒有解釋葡字有具備的意思，創意何來。從音讀的訊息來看，它就是後來意義為納箭的袋子的箙字。葡是早先的表意字，箙是後來的形聲字。這種開放式的架子有別於函字，函字是有蓋子的密閉式箭袋，要打開蓋子才能取出裡頭

①

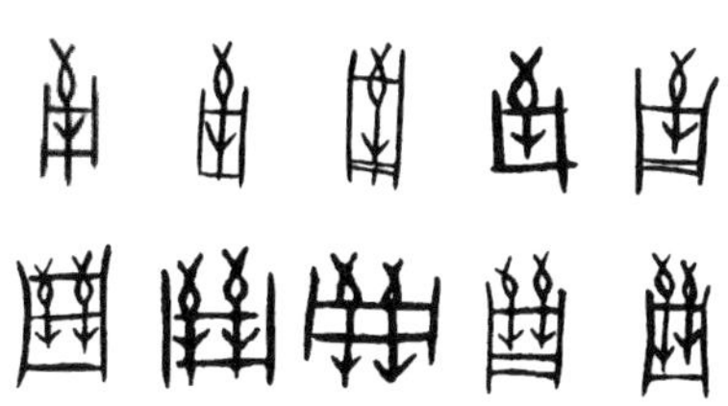

②

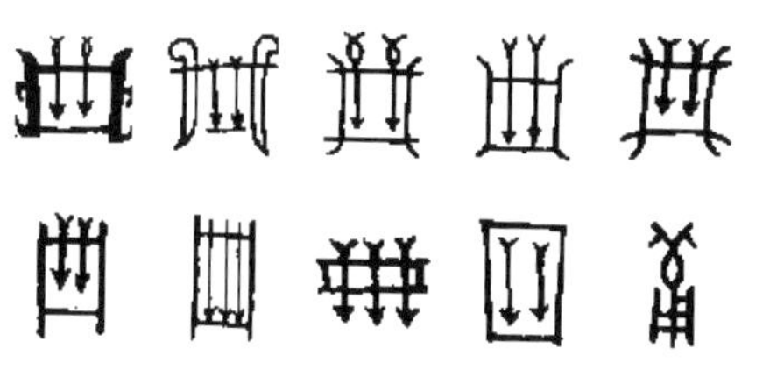

的箭，使用上比較費時。而葡是開放式的，可以立即從架上抽出一支箭來發射，有隨時備戰的意思，所以發展成預備、準備的備字。

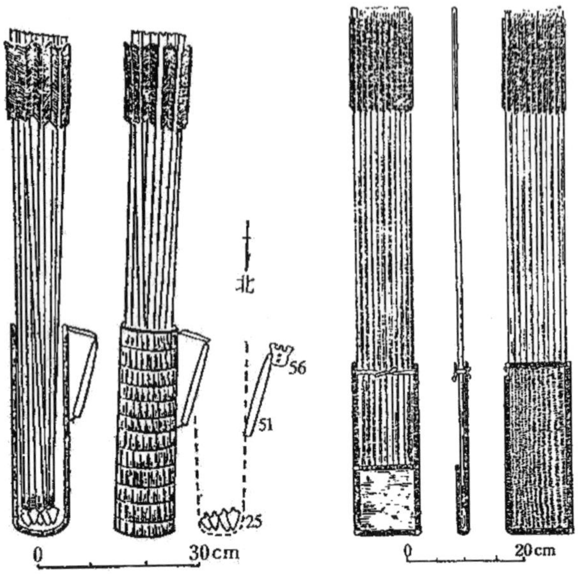

商代的開放式箭袋的復原。
左為圓筒袋的形式。
右為方型架子的形式。

函

hán

甲骨文的函字❶，很明顯是一個容納箭的袋子的象形字。箭袋之外的圈子，可以穿過皮帶繫在腰上。裡頭的箭可以朝上或朝下放置。到了金文的字形❷，箭頭固定都朝下放置了，而箭袋的形象依然看得很清楚。到了小篆，字形就起了訛變。《說文》：「圅，舌也。舌體𢎘𢎘。从𢎘。象形。𢎘亦聲。肣，俗函从肉、今。」把函字誤會為舌頭的形象。現在有了甲骨文和金文的字形，才讓我們知曉，原來函是一種封閉式的袋子，要打開蓋子才可以把裡頭的箭取出來使用。這種袋子把箭完全包含在其中，所以才引伸有包函、信函的意義。開放式與封閉式的箭袋，都可以在商代的遺址中找到例證。

❶

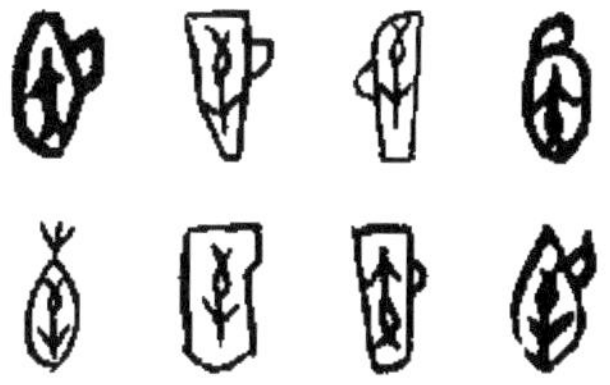

❷

侯 ㄏㄡˊ hóu

一支箭發射出去，飛行軌道並不是一條直線，而是因發射力道以及角度不同，而以弧線飛行。需要不斷的練習，才能適度發力，射中遠距離的目標。練習射箭時，為預防誤傷他人，需要有專用的場地。金文銘文就多次提到，在射盧舉行射箭技藝的競賽。練習射箭時需要有一張靶，用來檢驗箭有無射中靶的。

甲骨文的侯字❶，應該橫著來看，表達一支箭插在一張箭靶上的樣子。金文的字形❷變化不多。

《說文》：「矦，春饗所射侯也。从人、从厂。象張布，矢在其

❶

下。天子射熊、虎、豹，服猛也。諸侯射熊、虎，大夫射麋。麋，惑也。士射鹿、豕，為田除害也。其祝曰：毋若不寧侯，不朝于王所，故伉而射汝也。矦，古文侯。」（天子箭射熊、虎、豹等圖案的靶，象徵有能力壓制凶猛的動物。諸侯箭射熊、虎圖案的靶，大夫射麋鹿圖案的靶，麋鹿象徵迷惑的意義。士人射鹿、豬圖案的靶，象徵為農田除害。祝的官員代表說祝願的辭，不要學不安寧的侯（射靶與侯爵的雙關含意），不來朝廷向王致敬，所以要把你（靶）豎立起來射擊。）

不知為何，小篆的字形在箭靶的上頭加了一個人字，也許原來是一個架設靶子的裝置，被類化為人字。所說的射熊、虎、豹、麋、鹿、豕等動物，可能是指箭靶上所繪畫的圖案，不是真正的野獸。古代是否有不同的階級使用不同圖案箭靶的制度，恐怕是想像出來的。後來大概就繪畫方塊或圓圈，不必勞精費神的繪畫具體形象的動物圖畫了。

銅酒壺上的競射禮儀圖案。
箭靶的中心是方的。

射

shè

甲骨文的射字①，作一支箭停放在弓弦上，即將射出的樣子。這是殺害對手的直接手段。金文字形②，把箭桿尾端上的羽翎形象給省略了，有的還加了一隻發射的手。到了《說文》：「，弓弩發於身而中於遠也。从矢，从身。，篆文䠶。从寸。寸，法度也，亦手也。」更把弓字誤寫成了身字，把矢也分離了弓，或把矢省略而又（手）也演變成寸，那就沒有辦法正確的說解造字的創意了。

商代可能懂得在地上設木弩，靜待野獸前來碰觸弩機上所安裝的伏線而遭箭射殺。商代墓葬中見到的所謂銅弓形器，很可能就是這一種木弩上的裝置。其上有鈴，可以告知獵人他架設的弩機的伏線已經

①

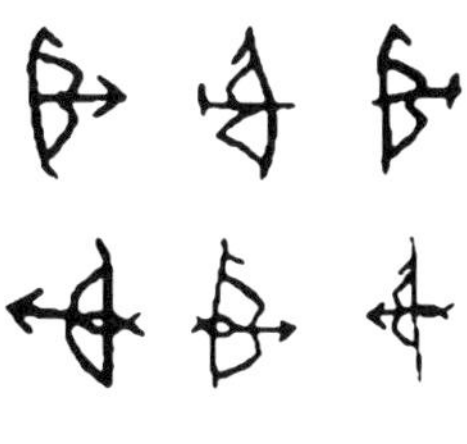

②

被碰觸而發射了，通知獵人前去查看有沒有射中獵物。

周代以後，貴族較少從事狩獵活動，也就不鑄造這種弓形器了。不管是在車上或徒步戰鬥的場所，弓箭都是很重要的遠攻武器。不過，對於能使用盾牌一類防身物的人類來說，效果就會大為減低，要使用偷襲的手段才比較有效果。

3

儀仗用武器

人類文明進化大致可分三個階段。第一個階段是以漁獵採集為生的平等社會，社會特徵是小團隊，不穩定的聚集與解散，流動性大，人們沒有一定的居處。領袖是眾人自動歸附的，權威不能夠強制執行，人人社會地位平等，沒有產權及領域的概念。

到了第二個階段，是以園藝農業維生、有階級之分的社會。這時人們對於周圍環境投入勞力與投資，所以有產權及領域的觀念。社區漸成穩定的組織。依靠農耕的程度提高，社會漸有階級的分別，貴族擁有徒眾、有威權。

第三個階段，是多層階級的社會，國家組織已形成。這時社會加強對環境的投資，肯定個人對產業及領域的所有權，有專業性的生產組織。國家形式也形成了，有中央極權的政治組織。國家要求個人對政府服務以換取保護。服務的項目包括繳稅、勞役、兵役等等。這時國家控制自然的資源，禁止私人之間的爭鬥，國與國之間有大規模戰爭。

在第二個階段，社會中有少數個人積聚的財富比起他人為多，自然就造成身分差異，有階級的區別。上層階級的人不但想向自己的社區炫耀，也想讓別的社區的人們一眼就知道他的身分和威嚴。在各個社會都一樣，最方便的辦法是以罕見或遠地交換得來的材料，諸如動物的皮毛、骨角、爪牙、羽毛，或金銀、珠寶、貝殼等，製作或裝飾衣服，標示他們高人一等的社會地位。

貴族的身家財產需要保障，因而擁有徒眾和武力，不但居家有護衛，出行的時候更需要武力保護。初時大概使用真實的武器，後來為了與一般兵士有所區別，就發展了儀仗用的武器，具有辨識其貴族身分的作用。所謂儀仗用的武器，具有武器的形狀但殺人的效果不大。它可以是材料的不同，例如以美玉或木頭製作；也可以是形狀的差異，有些甚至毫無殺傷力。以這類武器所創作的字，也就與戰爭無關。

武器起源自日常使用的工具，經過長期改良，專門針對人體的弱點設計，終於和初時的形狀完全不同。工具雖然也根據不同的需要而各有其形狀，但始終保持原有的形狀，沒有什麼變化。所以，根據武器的形制，可以判斷其使用的時代，工具就不能夠。以下是以工具形象所創造的字。

戉 ㄩㄝˋ

yuè

甲骨文的戉字❶，像是一把有柄的寬弧刃的重兵器形。戉字應該是後來的鉞(ㄩㄝˋ)字（意義為「大斧」）的初形。

戉是以重量為打擊重點的工具，有無尖刃並不重要。鉞則是利用重力敲擊敵人以致死傷的器具，如果在實際戰鬥中使用，它攻擊的方向有局限性，效率比較低，並不是有效的戰鬥武器，主要施用於處刑，對象是受控制而不能隨意移動的罪犯，因此就發展成為權威的象徵。

墓葬中隨葬鉞，數量遠遠少於戈，且只見於大型墓葬。隨葬大鉞

❶

的墳墓往往也見有戈、矛，但隨葬戈、矛的墳墓就不一定有大鉞了。

金文字形保持得更接近於實物，長柄的下端還畫出可以插在地上的鐓。《說文》：「戉，大斧也。从戈，乚聲。司馬法曰：夏執元戉，殷執白戚，周左杖黃戉，右把白髦。凡戉之屬皆从戉。」把直柄變得和戈字一樣的彎曲，圓形的刃部又訛變成勾形，因而被誤解為形聲字。戉是斧類武器的象形字，是無可懷疑的。不過，出土的遺物很少有圓形的，大多是刃部寬大而彎曲如左圖。

嵌鑲綠松石獸面紋青銅鉞，
長 25 公分，寬 17 公分，
晚商，西元前十四至前十一世紀。

雙虎搶珠紋青銅鉞，長 39.5 公分，
安陽婦好墓出土，
晚商，西元前十四至前十一世紀。

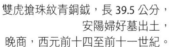

戚 ㄑㄧ qī

學界一般稱呼較小型的鉞為戚，甲骨文的戚字❶，字形是窄長平刃形的有柄武器形。戚字的重點，是刃部的雙胡上有幾個並列的三個突牙一組的裝飾。出土的數量不多，可能主要的功能是做為跳舞的道具，所以也以玉石雕製的為主。

到了金文時代，戚字的胡上並列的突牙裝飾，從器柄分離了。以致於《說文》：「，戉也。从戉，尗聲。」誤以為戚字是一個從尗聲的形聲字。尗字是從叔字分析出來的字。叔字❷的形狀是以手摘取豆莢的樣子，是菽（豆類植物總稱）的本字，假借為淑善的意義。後來不知因何，被借用為親屬父輩的叔字。

❶

❷

玉戚，長 11.3 公分，寬 7 公分，
偃師二里頭出土，
約西元前二十一至前十七世紀。

石戚，寬 22.3 公分，偃師二里頭出土，
戚是刃兩旁的胡上有突起的刺，鉞則無刺。
銅、玉戚也是儀仗器。
約西元前二十一至前十七世紀。

戊 ㄨˋ wù

甲骨文的戊字❶，與戰鬥用的戈字相似，都是直柄上綑綁了一件橫置的器物形，但形狀有點差異。戈字的攻擊端是尖的，所以以一橫畫表示。而戊字的刃部多了一個短直畫或彎曲的短畫，這是表示前端的刃部不是尖銳的。

從演變的趨勢看，戊字形原先應該是戈端有短直的筆畫，後來才寫成彎曲的。對應地下的發掘物品，應該如左圖，後代被稱為戚或斧的平刃武器形。它的字形演變也與戈字一樣，武器的柄部變彎，然後刃部短直的筆畫拉長了。金文沿續甲骨文的字形❷。《說文》：「，中宮也。象六甲五龍相拘絞也。戊承丁象人脅。凡戊之屬皆从戊。」

❶

❷

許慎沒有看出這是一個有關兵器的象形字。

這種武器不宜做為戰鬥的利器，因為在實際戰鬥中，它攻擊的方向只有直擊而下，不像戈的兵器還可以拉割對方的頸部，而且攻擊面是平的，刺入人身體的強度也大大減低了。因為殺敵效率低，所以主要是做為儀仗使用。這個字的使用意義為天干（甲乙丙丁戊己庚辛壬癸）的第五個，不與戰鬥有關。

窄平刃的銅斧，約長 14 公分，
商代，西元前十三至前十一世紀。

戌 ㄒㄩ xū

甲骨文的戌字❶，同樣是描繪一把直柄的武器形。只是端部的刃又和戊字有所不同。看起來，戌字表現的刃部有相當寬度，前端不但是短直形的，而且還比後端寬廣，大致與後代名之為鉞的武器相當。金文❷字形大致還保留武器特徵。

《說文》：「戌，滅也。九月昜气微，萬物畢成，昜下入地也。五行土生於戊，盛於戌。从戊、一，一亦聲。凡戌之屬皆从戌。」小篆的字形，因為武器前端稍有變化，許慎也就看不出這是個象形字。

這種武器，使用方式也是直下砍殺，但攻擊面更大，更難刺進物

❶

體。因此必須使用厚重的材料製作，用重力敲擊敵人，才能致人於死。然而，製作得厚重，就失去使用的靈活性，不方便在戰場使用，所以主要是做為執行刑罰的武器，也做為掌握處刑的司法權的象徵。這個字的意義為地支（子丑寅卯辰巳午未申酉戌亥）的第十一個，也與戰鬥無關。

透雕青銅鉞，長 41 公分，
湖南盤龍城出土，
中商，西元前十五至前十四世紀。

2

我 ㄨㄛˇ

wǒ

甲骨文的我字❶，也是一種直柄的武器形狀，不過前端是三個分叉形狀。對照出土文物，該是端部的刃有波浪起伏的形狀。這種武器的殺敵效果更差，從下一個義字的說明，更可證明我型的武器，是做為儀仗使用的。這個字被借用為第一人稱代名詞，使用的機會很多，所以字形也多樣化，金文作❷，端部分叉的變化較大。《說文》：「我，施身自謂也。或說我，頃頓也。从戈、手。手，古文垂也。一曰古文殺字。凡我之屬皆从我。𢦐，古文我。」刃部的變化太大，所以許慎也看不出「我」字是一把武器的形象。

❶

❷

義

yì

甲骨文的義字①，在我形武器的柄端，裝飾鉤狀或羽毛一類的東西。這是把我形武器裝飾得更為美麗，這是儀仗類儀器的重點，而不是實用武器所應該有的。金文字形②，裝飾的物件已逐漸類化成為羊字。羊字和義字的音讀韻類不同，所以《說文》：「義，己之威義也。从我、从羊。」也不以為是形聲字，但也說不出羊字在義字之中的作用。因為這是禮儀所需的用具，不是實用的武器。所以有人工、非本來的引申意義，如義父、義足等詞。

儀仗的儀字，形式上是以義為聲符的形聲字，創意多少也與義字的不真實意義有關聯。

咸 ㄒㄧㄢˊ xián、成 ㄔㄥˊ chéng

甲骨文的咸字作❶等形，金文作❷等形，是由戌字與口字組合的表意字。此字使用的意義是副詞的皆或全部。副詞是一種抽象的意義，很難用圖畫去表達，所以常用音韻上的假借方法。如果是經由音讀的假借，也應該有字的本義。那麼，咸字的創意是什麼呢？字形與咸字相似的還有成字。成字在甲骨卜辭的意義是做為開國國王成湯的名字❸。比較兩者，成是從戌丁聲的形聲字，但咸字就比較可能是一個表意字。

儀仗的武器和嘴巴，如何會產生全部和所有的意義呢？儀隊的人數總是多數的，嘴巴是發聲說話的器官。人多了，發出的聲音通常是

❶

❷

❸

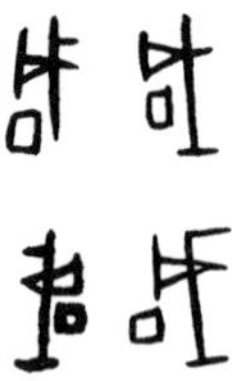

吵雜的，話語是難於明白的。但是儀隊是作為貴族行進的前導，常要大聲喊叫以驅離閒雜的人員。他們的喊叫聲要宏亮而一致，才能有預期的結果，引起他人的注意，明白喊叫的內容。因此，創意很可能來自儀仗隊成員訓練有素，喊出整齊劃一的言語，所以才有皆、全部等抽象意義。

《說文》：「咸，皆也。悉也。从口从戌。戌，戌悉也。」沒有明白說出創意，但顯然也不認為是形聲字。很可能甲骨文的成字與咸字，一個從丁，一個從口，字形太過於相近，所以成字就被改變成為形聲字的甲骨文④與金文⑤字形。《說文》：「成，就也。从戊，丁聲。，古文成。从午。」其分析不完全正確，小篆和古文字形都是從戌丁聲，而不是從戊丁聲。

④

⑤

歲 ㄙㄨㄟˋ suì

甲骨文的歲字❶，也是一種類似戉字和戌字的武器形，只是在刃部中間多了兩個小點。一般認為那是表現刃部彎曲得厲害，有如形成兩個孔洞的形式。簡寫就省略兩個小點。它並非適宜於戰鬥使用的武器，而是一種儀仗。卜辭使用為今歲、來歲、今來歲、十歲、今三歲等與時間長度有關的用語，顯然歲字有歲月的意思。

金文的字形❷，反映這個字演變的三個階段，較早的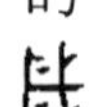，加上步的，以及加上月的。歲星是太陽系行星中最大的木星的名稱。為什麼如此命名呢？

❶

《說文》解釋「歲，木星也。越歷二十八宿，宣遍陰陽，十二月一次。从步，戌聲。律厤書名五星為五步。」一說歲星每年運行天空十二分之一，行徑好像是在走路一般的移動，所以後來甲骨文加上步字成為現在的歲字。大概十二年一周的運行與十二地支的數目相合，古人於是養成以歲星的所在位置表示年代的習慣。

商人用這種武器的字形來命名歲星或許是有特別意義的。在後世，歲星被認為是軍事行動的徵兆。如《史記．天官書》說，「其所在國不可伐，可以罰人」。處罰他人正是貴族使用斧鉞的主要目的。從地球觀看歲星的運行，它是螺旋前進，每每贏縮不定，光度亦明暗無常，難以預測，有異於其他的行星。大概因此才被認為是由上帝所控制，表示天命的所在，所以使用君主處罰罪犯的斧鉞，來代表這個特殊的星座。

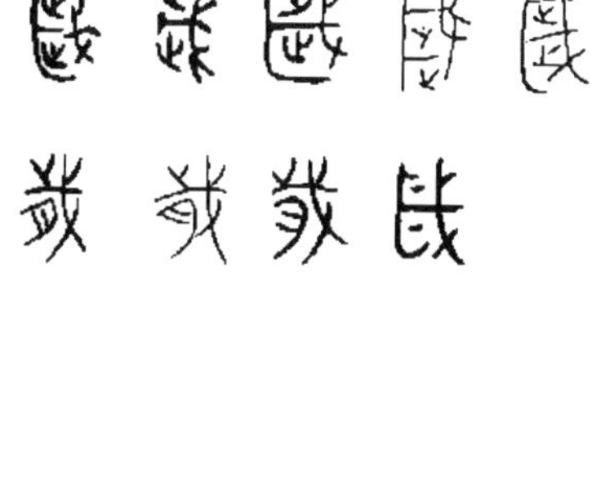

4

防護裝備

如何有效攻擊敵人，使敵人喪失反抗能力，固然重要，但是如果自身無法抵禦敵人攻擊，反而會先被敵人所傷；這就必需思考，與敵人近身作戰時，如何保護自己；因而有了各式防護裝備。

防護裝備，在後來的統治者眼中，甚至比武器更為重要或更有價值；私藏武器有罪，秘藏裝甲的罪刑更重。這是因為，人民私藏武器，未必是用來反抗政府；但私藏裝甲，顯然是預期要對抗政府、保護自己。

干 ㄍㄢ gān

雖然弓箭的殺傷力強大，攻擊範圍廣遠，但是對於懂得利用盔甲盾牌來防護的人類，效用大為降低。「大動干戈」是對激烈戰爭的一種文學描寫。戈字指攻擊性的武器，干字則是防禦性的裝備。兩者都是軍士的必要裝備。

甲骨文的干字①，原先是描寫一個頂端裝備有可以格架敵人攻擊以及殺敵的矛尖。中間部分的回字形，代表防身的盾牌，接下來的是長柄，可以停留在地上。盾牌是用堅韌不易攻破的材質製作，諸如金屬、藤木、皮革等等，可以承受尖銳或重物攻擊。盾的形制有很多種類，有方、有圓，有單純護身用的，有的還附加戈、矛等用來攻敵的

①

裝置。所以干字還使用為干犯的意思。

後來，主體的盾牌省略成一道短橫線或圓圈。金文的干字❷，已完全是簡略的字形。所以《說文》：「干，犯也。从一、从反入。凡干之屬皆从干。」已看不出是象形，勉強以會意解釋。

❷

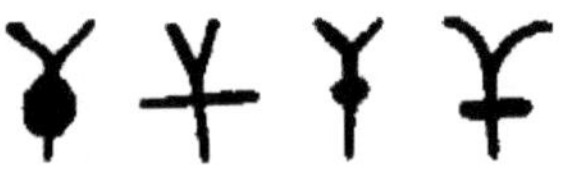

甲 ㄐㄧㄚˇ jiǎ

與敵人交戰時，如果一手拿著干盾，另一手就只能揮舞短柄的兵器，攻敵的效果難免受到限制。如果保護的裝備能夠穿在身上，就可以使用雙手拿著更具威力的重而長的武器迎擊敵人。這種可以穿在身上的防身裝備，叫做甲冑。穿在身上的是甲，戴在頭上的是冑。

甲骨文的甲字①，早先只畫個簡單的十字交叉。很難猜測與護身裝甲的關聯。有人因此以為甲字表達以小的甲片聯綴在一起時的十字縫線形狀。由於字形太過簡略，很難判斷造字時的創意確實如此。

商代有個祖先上甲，甲字寫成②，或以為這位創立國家的祖先的

①

②

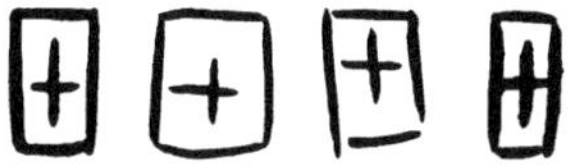

牌位在正對面，其他的在兩側，這是表示排在正中間的祖先是甲日的上甲。也許十字交叉的字形太過簡單，所以在某些場合就借用祖先的名字作為甲乙丙丁的序列字。金文延續這兩種用法③。小篆就依複雜的字形而又有所變化。

《說文》：「甲，東方之孟，陽氣萌動。從木戴孚甲之象。大一經曰：人頭空為甲。凡甲之屬皆从甲。甲，古文甲。始於一見於十，歲成於木之象。」許慎誤以為甲字是表現植物剛冒芽而出，上端還有甲殼的形狀。不知甲字的源頭是商族祖先上甲的合文的訛變。

③

冑 ㄓㄡˋ

zhòu

戴在頭上的帽子有各種不同作用。做為軍事用途，保護頭部避免受到對方攻擊的帽子稱為冑。甲骨文沒有提到這個字，金文的字形①，最下的部分是一隻眼睛。在古文字裡，眼睛常代表頭部，大概是比較容易書寫的緣故吧。眼睛之上的是頭盔的形狀。這種頭盔，頂上有一支管，可以插羽毛一類的裝飾物。一方面是為了美觀，一方面是高出頭上，容易被部下看到並接受戰鬥指揮。後來這個字形的頂上插管部分，被類化為由字，眼睛也省略了，所以《說文》：「冑，兜鍪也。从冃，由聲。𩊚，司馬法冑从革。」只好解釋為形聲字了。至於從由從革的字形，由是兜鍪(ㄇㄡˊ)的形象，革則是製作的材料，也不是形聲字。

①

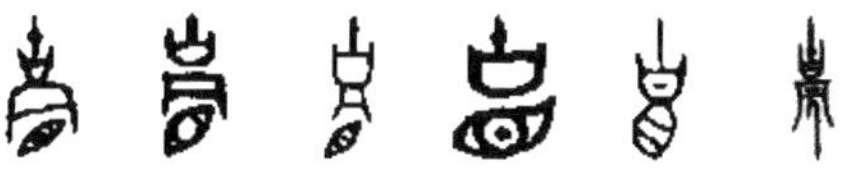

卒 ㄗㄨˊ zú

甲骨文的卒字①，是由很多小塊的甲片所縫合起來的衣服的樣子。有時候字形作眾多甲片之間還有小點，可能表示裝飾兼實用的小銅泡，或甲片上縫線用的小孔洞。

金文少見到卒字，衣甲上的交叉線條下移至衣領以下。皮製的裝甲最先是用整塊皮革裁製成的，後來才發展出由許多小皮片縫合而成。鎧甲通常以牛皮縫製，最堅韌的是犀牛皮。犀牛皮做的裝甲，對一般兵器和弓箭攻擊，有很好的保護效果。到了戰國時代，普遍使用穿透力強的弩機時，犀牛甲的效用就大減；而且冶鐵的技術已有長足進步，開始以鋼鐵打造甲冑。

①

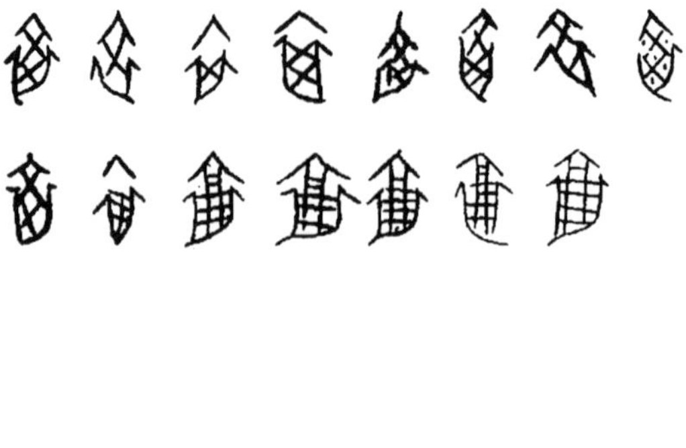

甲冑在早期是很珍貴的產品。卒在西周以前的意義，是穿戴甲冑的高級軍官，統領人數超過五千。一旦產業發達，甲冑成為士兵的普遍裝備，指揮的將領反而不一定穿戴裝甲，卒的意義就被擴大，稱呼普通士兵。

《說文》：「卒，隸人給事者為卒。古以染衣題識，故从衣。」地位就更為低下成為罪犯了，字形更被誤會為表現衣服染上特殊的標示，做為下等人的服裝。

介 ㄐㄧㄝˋ jiè

甲骨文的介字❶，作一個人的身上前後有許多小塊的甲片的樣子。也有人以為這個字和盔甲的製作有關係。這種護身的甲冑是由許多好像鱗片的小甲片所聯綴與縫合而成，把穿戴者的身體包裹起來，所以介字除了有仲介的意義以外，還有介甲、纖介等與小物件有關的意義。

《說文》：「介，畫也。从人、从八。人各有介。」許慎解釋其創意是人各有介。但介有畫的字義，並不見於經傳使用。許慎的觀點可能取自從田介聲的界字，把界字當做表意字看待，以為介有規畫田界的意思。如果想要表達人各有介的意義，應該至少畫兩個人，才能

❶

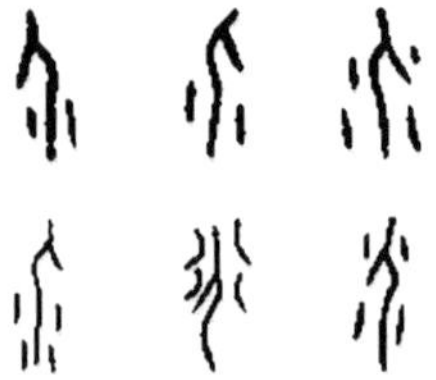

表現人與人之間的分界。甲骨文的字形，有時作人的前後有四點，所以不會是以有分別的八做為創字的重點。這個字的創意，應該含有多量的成分，所以介甲的說法比較合理。

戎 ㄖㄨㄥˊ róng

甲骨文的戎字①，是戈字與甲字的組合。戈是攻敵的武器，甲是穿在身上的防護裝備，兩者都是軍士必要的裝備；二者組合起來，表達有關軍事的意義。原先戈與甲的構件應該是分離的，後來被書寫成為一體，好像甲字是戈上的裝置。十字的甲的字形後來也演變成甲，所以戎的字形也跟著改變。《說文》：「戎，兵也。从戈、甲。甲，古文甲字。」

①

5

軍事行動

旗幟是古代社會非常重要的東西，也是軍事行動不可或缺的。旗所插之處，就是部族的駐地；旗所向之處，就是部族行動的目標。高舉的旗幟，容易被眾人看見，所以，戰爭時，旗幟掌握在指揮官手中，用來指揮軍隊。

旗也是整族人聚集生活的所在。為了強調血緣集團的牢固和集體生活的性質，也為了防禦敵人入侵，很多氏族往往把村落建成一個方形或圓形的圈子，然後圍繞這個中心修築房屋。

仰韶文化時代的村落，就是依據這種習慣布置的，村落是圓形的，有壕溝包圍，四周的房子都面對著聚會用的中央大房，也就是指揮中心。從中字的創意，可以了解在居住範圍的中心處豎立高聳的旗桿，以之宣告訊息。

中 ㄓㄨㄥˋ

zhòng

甲骨文的中字①，是在一個範圍的中心處豎立一支旗杆的樣子，杆子上有時有旗幟，有時旗幟已經卸下，表示一個地區的中心所在。

卜辭有詢問商王立中時會不會遭遇大風的占卜，可見建立中心的旗幟對於商人來說是一件大事。「中」所立的地方，是族人生活的處所，也常是軍隊駐紮的地方，強烈說明血族部落的早期結構現象。平常沒有事情可宣告時，旗桿上沒有旗游。

聚落中心的範圍本來是圓形，由於甲骨文是使用刻刀契刻的，不便畫圓，所以絕大多數是方形，有時則縮小如一個圓點。主管聚落的

①

官長，如有事情要宣告給在田裡工作的居民時，就用不同的顏色、不同的形狀，以及不同數量的旗幟升上旗桿，讓在遠地的居民可以了解宣告的內容。一如船艦上使用旗語互通訊息。旗游隨風飄揚，旗游都會飄在旗桿的一邊。但是到了金文❷，創意已經有些模糊，所以旗游有時就分別畫在旗桿的兩邊。為了對稱，上下邊也都有旗游。有時把中心的範圍省略，或寫成口字的樣子。《說文》：「中，內也。從口、丨。下上通也。，古文中。」只取其中已經訛變成口字的一形，所謂的古文字形，不知何所根據，把旗桿的下端寫成彎曲，這就完全失去創字的重點了。

❷

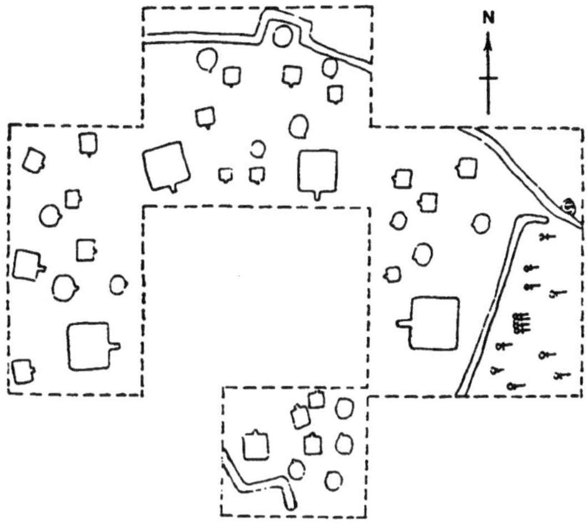

陝西姜寨，圍在濠溝中的仰韶文化村落。
門戶都朝向中心。

族 ㄗㄨˊ zú

甲骨文的族字❶，作旗游飄浮的旗桿下，有一支或兩支箭的形狀。箭是軍隊必備的殺敵裝備，所以「族」字表達在同一支旗幟之下的戰鬥單位的意思。金文的字形❷，到了晚期旗幟有所訛變，很難看出是一桿旗子的形象了。小篆則把旗游從旗桿分離了。《說文》：「，矢鏠也。束之族，族也。从㫃、从矢。㫃，所以標眾，眾矢之所集。」解釋為箭頭的鏃，可以集成一束，沒有說中族字的創意。

古代軍隊組織以血族為單位。商代的男子都受軍事訓練。同屬一個血族的人，平時住在同一個區域，平日協力生產，戰時則共同禦

❶

❷

敵。榮辱與共，作戰的效率比較高。

族，是小單位的戰鬥組織。卜辭有「王族」、「多子族」等稱呼，王族指稱商王的親血緣，多子族指稱諸王子族所組成的各個戰鬥單位。

旅 ㄌㄩˇ

lǚ

甲骨文的旅字①，相對於小集團的「族」，旅是有萬人成員的大組織，字形是二人（代表多人）聚集在同一支旗幟之下的樣子。金文字形②，是以旅字做為族徽的較早字形③，眾人聚集圍繞在一支旗幟的四周的樣子。後來的繁雜字形④，還多了一輛車子，可能表達指揮的官長坐在一個插有指揮大旗的車上的用意。

《說文》：「旅，軍之五百人。从㫃、从从。从，俱也。旅，古文旅。古文以為魯衛之魯。」

旅的創意是由各地區不同氏族所組成的大集團，他們遠離家鄉，

①

②

駐紮外地的軍事重鎮，彼此之間沒有血緣關係，而都有作客他鄉的感覺，所以旅字也引伸有旅客、旅行的意思。

卜辭有云：「登婦好三千，登旅萬。」西周初的《尚書．牧誓》記載一旅有三個師，都是超過萬人的大軍團。《說文》所說旅只是一個五百人的編制，恐怕不正確。在金文的銘文裡，也沒有假借為魯國的意義。

古代的戰爭，隨著戰術日益靈活以及工藝益趨精良，戰爭規模也隨之擴大。從地下考古所見的新石器時代村落，以及其生產效率來看，當時戰爭的規模必定很小。

傳說約是四千七百年前，新石器時代晚期，黃帝的時代，經過五十二次爭戰，才征服天下。那必是經歷長期間的小戰鬥，逐漸掠奪、

擴充而強大的。

到了商代建國，《孟子．滕文公下》說商湯「十一征而無敵於天下」，征戰次數已減少很多。後來周國與聯軍攻打商，只一場大戰就決定命運了。

當中國進入農業社會，人口增加，大家都要爭取好的耕地和充裕的水源，以保證糧食生產，戰爭就更頻繁而激烈。為提高作戰效率，就出現指揮作戰的王者。

卜辭反映了商代與其他國家有多次不同規模的戰鬥。大規模的戰鬥，一次以召集三千人為常，有時提及五千人，甚至是一萬三千人。甲骨文曾經提及某次戰役殺死敵軍二千六百五十人；殺死的敵人，一般是捉到活口的三分之一，推測那次戰役，商國殺死與捕獲的敵人達一萬人；則雙方動員的人數應當遠遠超過一萬人。看來，商代與敵國的戰鬥，雙方動員一萬人以上是很平常的。

到了西周時代，戰爭規模又更擴大。譬如西元前十一世紀康王時，盂受命征伐鬼方，第一次交上戰俘一萬三千八十一人。顯然規模比起商代又擴大很多。根據《史記．周本紀》記載，周武王討伐商王時，本身的軍隊有四萬五千名軍士。但俘獲的人有三十萬，可以肯定，周與聯軍的人數肯定超過三十萬人。

游 ㄧㄡˊ yóu

甲骨文有一個游字❶，是一個男孩子和一支旗子的組合形式。到了金文❷，出現兩種增加了一個意符的字形：一是加了行道和腳步，成為字；一是加了水，成為字。

到了《說文》：「，旌旗之流也。从㫃，汓（ㄑㄧㄡˊ）聲。，古文游。」以遊為古文字形，游為小篆的字形。意義是旗子邊緣飄動的布條。旗子上飄動的布條，和小孩子有什麼樣的關係呢？如果創意和小孩子沒有密切的關係，只要在旗桿上畫幾條線就足以表達旗游的意義了。所以《說文》的解釋很有問題。

❶

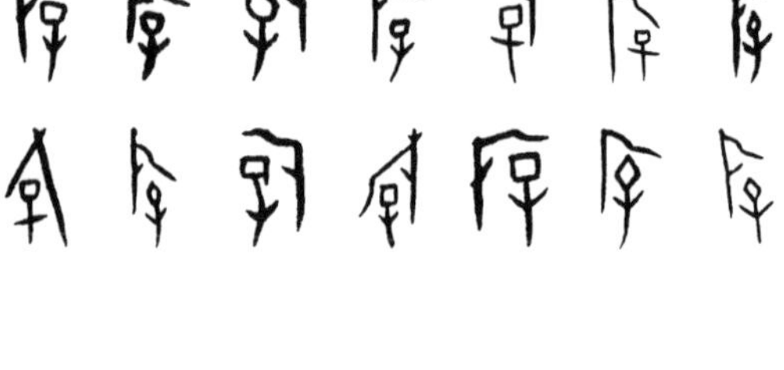

旗子代表一個軍隊的標誌，由指揮官掌握，用來發號施令。領導軍隊將帥，透過高聳的指揮旗幟，吸引部下注意他所發出的命令。古時候部族的行動不離旗幟，以旗幟表示部族的駐紮所在，並以旗幟指示部族聚散進退。在封邦建國時，往往是將旗幟和土地、人民一起授給接受封賞的邦君。

《詩經．長發》詠懷商湯克夏，《尚書．牧誓》描寫周武王征服商王，他們手中都拿著斧鉞（ㄩㄝˋ）與旗幟進入禮堂。本不該是由小孩子來掌握的東西，由孩子拿在手中，就應該是一種哄小孩的玩具。依據事理來推論，創意可能是小孩子拿玩具旗子遊戲，假借「斿（ㄧㄡˊ）」字稱呼旗子上的飄帶。後來或因飄帶波動如水，就加水而成斿聲的游字。而後可能因見有水的符號，就替代游水的罕見汓（ㄑㄧㄡˊ）字，而有游泳的意義。斿也引申到路上游走的意義，所以也加上表示行道的辵而成為遊字，後來游與遊就成通用的字了。

各類遊戲是日常生活常有的，也是抽象的詞意，所以借用小孩子的道具來表達。游和戲本來是兩種不同的東西，游是玩玩具娛樂自己，戲是扮演故事以娛樂他人，兩者有相似的地方，所以結合成一個游（遊）戲的詞。

6

掠奪

戰爭是以屈服對方、保障自己的生存為主要目的。人類早先為了宗教、娛樂、刺激或甚至為了美麗的女性等等原因而發生戰爭。後來戰爭的主要目的是為了經濟利益。譬如《逸周書・世俘》記載周武王打敗商王，除土地及人民外，還獲得了舊寶玉一萬四千件，佩玉十八萬件。舊寶玉和佩玉是不會在戰場出現的，一定是戰勝後逐家搜尋的結果。明白道出，掠奪財物，是周聯軍攻打商國的目的之一。

被打敗的種族有三種可能的命運：輕者被驅逐遠離家園，到別處去謀生；其次淪為奴隸，服務征服者；重者被處死。

西周晚期的《多友鼎》：「多友迺獻孚馘訊于公，武公迺獻于王。」（多友於是供獻戰場捕獲的人員、砍下的敵首、活捉的軍士給武公，武公乃轉獻給周王。）載明從戰場獲得的戰利品有哪些。

而《師袁鼎》銘文：「師袁虔不墜，夙夜卹厥牆事，休既有工。折首執訊，無諆徒馭，驅孚士女、牛羊，孚吉金。」（師袁虔誠從事，沒有墜失所受的任命，不分日夜勤勞從事農事耕作，功效完美而又有成績。砍了敵人首級，活捉俘虜，無數勞工與御夫，驅趕捕獲成年男女、牛羊，以及擄獲良好的金屬。）不但載明從戰場獲得的戰利品有哪些，更包括勝戰後對一般民眾的搶奪。

《孟子》引《尚書》軼文，說周公「有攸不惟臣，東征，綏厥士女。」為了美化周公的仁慈人格。註釋的學者把「綏」解釋為安，說是在安定被征服的人民。其實，綏字的意義是幫助人們登上車的繩子。綏其士女，就是《師袁鼎》所說的「驅孚士女」（驅趕捕獲成年男女），道出勝戰後的掠奪真相。

孚 ㄈㄨˊ fú

甲骨文的孚字，一隻手捉著一個小孩的頭的樣子。金文的字形❶基本不變，只是「又」的部分被寫成爪字而已。這個字的意義是俘虜，甲骨文也寫作，增加了一個行道。有可能這是較早的字形，所以後來的金文沒有這樣的字形。

在一條路上，一個小孩被一隻手給捉住的樣子。這是指捕擄小孩為奴隸。《說文》卻說：「，卵即孚也。从爪、子。一曰信也。，古文孚从呆。呆，古文保。保亦聲。」、「，軍所獲也。从人，孚聲。春秋傳曰：以為俘聝。」把孚字的創意和使用的意義都說錯了。《多友鼎》、《師袁鼎》，都曾清楚表明孚字的意義是捕獲的戰

❶

俘，絕不可能與男子生殖器有關。

甲骨文孚字的較早字形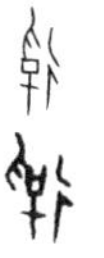，表示事件發生於行道而不是在戰場。《周易。隨卦》「有孚在道」的句子，表明帶領奴隸在行道上工作是常見的事。《周易》是西周初的作品，戰後使用大量罪犯奴隸服勞役，是各國普遍的做法。小孩子的抵抗力小，不必用繩索綑綁就可以放心讓他們工作，不用太防範小孩會逃跑。小孩俘虜比較容易被洗腦而對主人效忠，所以孚字引申有誠信的意思。

妥 ㄊㄨㄛˇ tuǒ

甲骨文的妥字❶，作一隻手壓制一名女性的樣子。這個字的結構很清楚，所以字形一直都保持原有的結構，金文❷。《說文》：「妥，安也。从爪、女。妥與安同意。」把妥字的意義說是「安」就不對了。

甲骨文的安字❸，是一名女性在屋子裡。因為古代女性不參與社會活動，只有必要的時候才外出，到戶外會暴露頭臉，可能還會遭遇危險，所以在屋裡才可安息。

商代的甲骨刻辭裡，妥字是做為祭祀時的供品之一，所以有人以為這個字是奴字，意指女性罪犯，做為祭祀的犧牲品。

❶

❷

在結構上，妥與奴（甲骨文，金文）都是表現以手壓制女性的狀態。原先，從爪與從又都是一樣的，後來才有了分別，就成了妥與奴兩個字。

《說文》：「，奴婢皆古辠人。周禮曰：其奴，男子入于辠隸，女子入于舂稿。从女、又。，古文奴。」許慎的解釋是對的。但因為甲骨文的妥與奴是一個字，使用意義也一樣，所以妥字的創意還是以俘奴較為合適。至於妥被解釋為安，有可能是為了美化掠奪者的行為。

《孟子》引《尚書》軼文，說周公「有攸不惟臣，東征，綏厥士女。」《說文》解釋綏，「，車中把也。从糸从妥。」綏的意義是繩索，「綏厥士女」的意義，印證《師袁鼎》銘文的「驅孚士女、牛羊，孚吉金。」就是戰勝者掠奪資源的意思。但是為了辯解周公是個仁慈

③

的統治者，東征是為了安定東夷的一般平民百姓，把這些百姓從暴政中解救出來，因此《大徐本說文》徐鍇就委婉解釋：「《禮》：升車必正立，執綏所以安也。當从爪从安省。」從甲骨文的字形和使用意義來看，壓制才是妥字的本來創意。

奚

xī

女性體能和抵抗能力比起男性弱，所以不用綁繩索，用手捉住就妥當了。如果是成年男性，就得使用繩索或其他東西來限制他們抵抗。甲骨文的奚字①，一個成年的男子或女子的頭上有一條繩索綑綁住，並被掌握在另一隻手裡的樣子。金文的字形②，沒有被掌握在手裡的，是比較早期的字形。

古時候常將罪犯充當奴僕、服勞役。如果罪犯桀驁不馴，只要捉緊套在罪犯頭上的繩子，犯人就呼吸困難而難於抵抗。因為這種方式大都是為了對付男性，所以後來以繩索套住女性的字形就不見使用

①

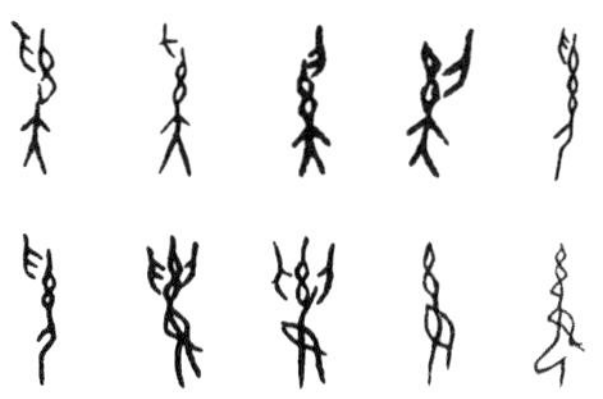

②

了。《說文》：「奚，大腹也。从大，𦃃（ㄒㄧˋ）省聲。𦃃，籀文系。」把奚字分析成系字的省聲字，就完全錯了。解說成大腹便便，也是錯誤。

執 ㄓˊ

zhí

古人牽制罪犯，不但使用繩索，還會加上其他刑具。甲骨文的執字，是罪犯雙手接受刑具的樣子①，有時頭與手也被械梏在一起。（如下圖）。金文的多種字形②，已經沒有頭也被梏住的字形了，而且雙手也脫離了刑具。以致於《說文》：「，捕辠人也。从丮ㄐㄧˇ㚔ㄋㄧㄝˋ，㚔亦聲。」把執字分析為形聲的形式，不知整個字是一幅圖畫。

商代，上了手梏的陶俑。

①

②

圉 ㄩˇ yǔ

商代卜辭有幾次貞問到犯人越獄的逃亡事故，可見逃獄也是大事。為防止罪犯逃亡，會將罪犯關進牢獄中。甲骨文的圉字❶，就是雙手被刑具械梏的罪犯，關在牢獄裡的樣子；也或者作牢獄裡有一件刑具的樣子。金文只剩簡化的字形。

《說文》：「，囹圄，所以拘辠人。从口、幸。一曰：圉，垂也。一曰：圉人，掌馬者。」這樣的解釋是對的。

甲骨文另有字形❷，作一隻腳被刑具梏住的樣子，意義應該與執字沒有區別，只是表達的方式稍有不同。《說文》：「，蹩（ㄅㄝˊ）足也。从

❶

足，執聲。」已經演變成形聲字了。

❷

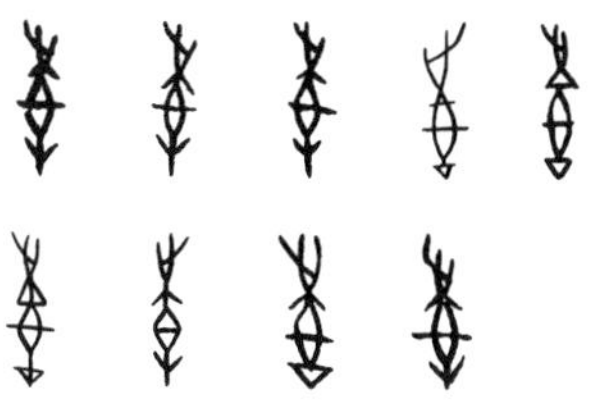

報 ㄅㄠˋ bào、盩 ㄓㄡ zhōu

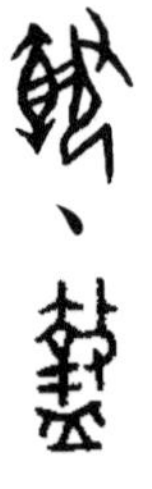

以繩索綑綁罪犯，還有好幾個相關的字。甲骨文有報字❶，金文❷。報字的創意是使用一隻手壓制一個雙手被刑具鎖住而跪坐的人犯。因此推測，報字的創意大概是來自向上級報告罪犯已經抓到。《說文》：「報，當辠人也。从㚔、𠬝ㄈㄨˊ。𠬝，服辠也。」因為後來字形已經離析成為兩個構件，所以許慎對字形的分析也就不完全對了。

金文還有盩ㄓㄡ字❸，由三個構件組合。左上部分是刑具的象形，右上是一隻手拿著棍子（攴），下部是一件器皿。這是表達用棍棒打擊罪犯以致於流血而用器皿承接血的意思，造字創意和比較常見的撻字類似。《說文》：「撻，鄉飲酒，罰不敬，撻其背。从手達聲。」

❶

❷

，古文撻（ㄊㄚˋ）。《周書》曰：「遽（ㄊㄚˋ）以記之。」鞭撻罪犯的背部，是這個字表達的重點。

戰國時期的趙國，往往在銅鈹（長柄劍）上嶄刻包括四個官銜的銘文：相邦、司寇、攻師以及最低等的冶某撻齊。撻齊的意思，是敲打鍛鍊銅兵器，使兵器更堅硬銳利。

盩字的第三個構件是皿，這個器皿是用來收集被鞭打的罪犯所流下的血液。目前還不清楚，為什麼要把罪犯的血液收集起來。或有可能是把血液收集起來，作為祭祀的牲品。甲骨卜辭就有以血祭祀的例子。

《說文》：「盩，引擊也。从幸、攴、見血也。扶風有盩（ㄓㄡ）厔（ㄓˋ）縣。」保留這個字形。金文盩字另有一個加上一根繩索的複雜寫法，

③

《說文》：「盭，弼戾也。从弦省从盩。盩，了戾之也。讀若戾。」其實這兩個字形是相同的一個字。人犯不但被繩索綑縛以及被器械桎梏限制行動，又被鞭打到流血的程度，可以想像統治階層為了鎮壓罪犯而使用粗暴的手段。

4

訊

xùn

甲骨文的訊字，有兩個字形，其中一個，是一個人的雙手被綁在身後而有一張口在訊問的樣子，所以有問訊的意義。另一個，是一名跪坐的人身後有一條繩索，表現一個罪犯的形象，前面有一張嘴巴在訊問的樣子，所以也有訊問的意義。很可能前一個字形和如字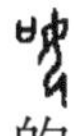的字形容易混淆，所以改變更為清楚的形象，把綑綁的繩索畫出來。金文的訊字，承繼商代晚期的字形，在犯人的下身加一個腳的符號，讓人覺得字形很繁複。其實一解說就會明白了。

對於這個字的辨識，得力於銅器銘文與後代文獻的對照。作戰時活捉到俘虜的「執訊」常見於銅器的銘文，而文獻也有執訊的詞，再

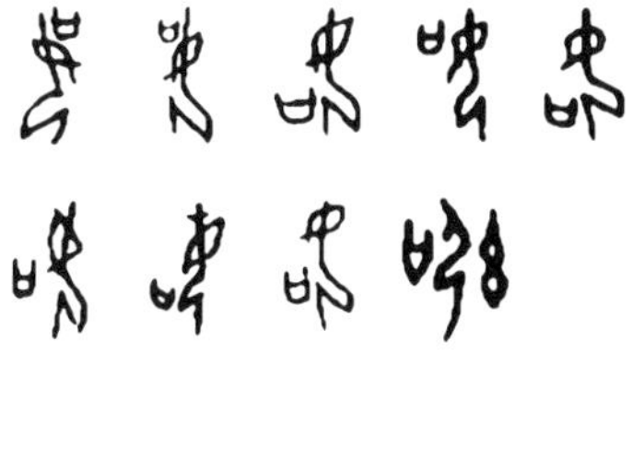

考察字形，訊字也確實可以表現訊問俘虜的意義，所以不用懷疑這個字形，就是訊字了。演變到小篆，這個字已成了形聲字的結構。《說文》：「訊，問也。从言，卂聲。𧦝，古文訊，从鹵〔ㄒㄧ〕。」所收錄的古文字形不知從何處得來，和金文的字形差異非常大。

敬 ㄐㄧㄥˋ

jìng

金文有一個常用的敬字①，最簡易的字形是一個人的頭部有特殊的形象，其次是一手拿著棍棒從身後加以打擊的樣子，最繁複的字形則是人的前面還有一張嘴巴的樣子，偶爾也會把人犯的形象省略。

了解報字、訊字的字形之後，大概也能了解，敬字也是以棍棒敲打和以嘴巴訊問刑犯的意思。《說文》：「，肅也。从攴(攵)、苟。苟，自急敕也。」本來的意義可能是警告，後來假借為尊敬、禮遇的意思。

原先或許是針對貴族違犯者的一種警誡，所以這個人的頭上有特

別的形象，大概不是指普通的民眾或罪犯，而是一種對貴族犯罪者的赦免方式。詳後。

7

刑罰

在生產效率比較低的時代，農人生產農作，只是供應自己所需要，沒有多少剩餘的可以提供給他人使用。那時候的戰爭勝利者，會佔領土地，掠奪財物；對於敵人，或是殺死，或是驅之遠離；但是並沒有想到要把人留下來充實自己的勞動力。

漸漸的，生產方式進步，個人的生產還有餘力供應他人的需要，也逐漸會利用俘虜從事生產。墳墓殉葬人數的現象，便反映出使用奴工的事實。前期的墓葬，殉葬人數多，且多壯男；後期殉葬人數變少，且多是少年和兒童；反映對於人力價值觀念的變化，保留青壯男丁做為生產用途。

商朝管理奴隸的技巧，可以從周朝的做法得知一二。周朝對於商朝的俘虜，一方面是以嚴厲的刑罰加以威嚇，一方面又要加以安撫，提高奴隸工作意願，得到預期的生產效果。

周王朝寬待商朝俘虜的事例，可以從《尚書・酒誥》得到一些訊息。周公告誡幼弟康叔，對於商遺族的俘虜，如有群聚飲酒觸犯規章的人，要先加以開導，屢勸不改才處以刑罰。但對於周朝自己的人民，如果違犯了同樣規章，卻要不加憐憫的處以死刑。想來商人對待俘虜也有類似的技巧。

周朝打敗商王以後，並不是把所有的人都壓制成為最低等的奴隸，而是維持原先大部分的管理體系，但是把早先的管理層級掌握在自己的控制之下。有些商的俘虜則讓他們到遠地經商，為主人賺錢。從文獻也可以看到商人早有同樣的措施。

臣 ㄔㄣˊ chén

甲骨文的臣字❶，作一隻豎起的眼睛形象。正常的眼睛是平放的，變換位置成為，則是創造文字的人有特殊考量。

眼睛是頭部最靈活、最重要的器官。早期的文字經常以眼睛代表頭部甚至代表全部身體。豎立的眼睛，是表示抬頭向上仰望時候的眼睛形態，所以甲骨文的望字❷，就寫做一個人的眼睛豎立，表示抬頭上望，或站在高土堆上的形態。處在低處的下級人員，要抬頭才能見到位在高處的高級管理者。這是臣子，或是罪犯面見長官的時候，虛擬的眼睛位置，用來指罪犯以及低級官吏。

❶

❷

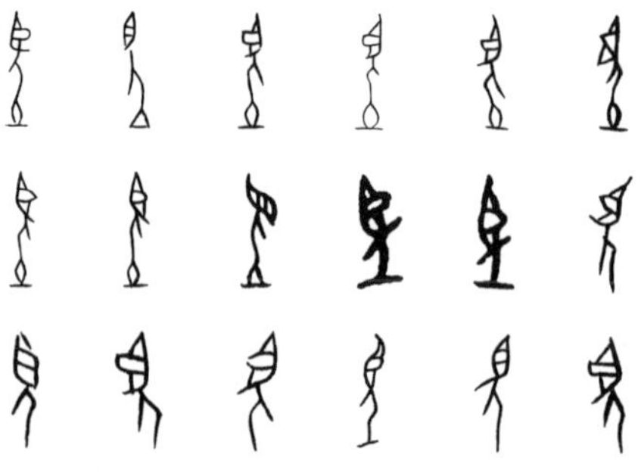

金文的臣字❸，保持同樣的字形與意義，臣是眼睛的形象非常明確。《說文》卻說：「臣，牽也。事君者。象屈服之形。凡臣之屬皆从臣。」沒有看出是一隻眼睛的變化方位，而以為是一個人的全身形象。

❸

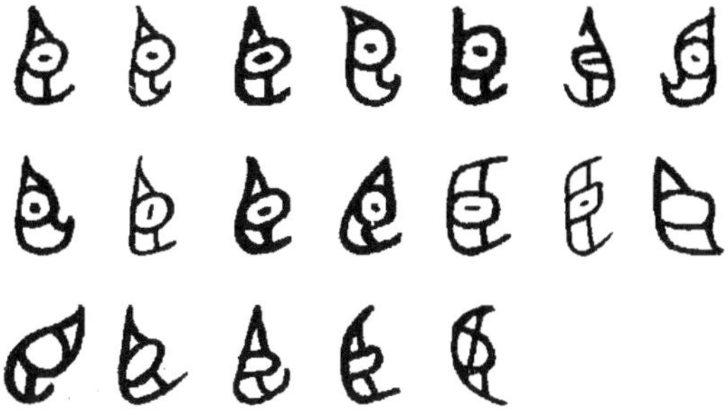

賢 ㄒㄧㄢˊ xián

金文的賢字❶，出現四個字形，看起來字的結構是一個從貝（下面的目，是貝字的錯誤簡寫）或從子的形聲字。意符的貝，重點在於有錢財，意符的子，重點在於是個人才。《說文》：「賢，多才也。从貝，臤聲。」、「臤，堅也。从又，臣聲。凡臤之屬皆从臤。讀若鏗鏘之鏗。古文以為賢字。」可以了解臤字就是賢字的原始字形，所以古文作為賢字使用。《說文》解釋臤字為從又臣聲，應該是錯誤的，因為兩者的韻部不同，不符合形聲字的規律。臤字應該是一個表意字。臣字已知是一隻豎起的眼睛形象，表現罪犯面見長官的時候，虛擬的抬頭的眼睛的位置。

❶

再來比較奴字的結構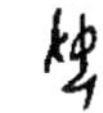，是一位女性的旁邊有一隻手控制著的樣子，知道臤字是表達有能力控制奴隸的才能。若要有效控制奴工去從事生產，一定需要有效的管理制度。控制和管理人眾的能力與手段的成熟，促使國家組織的早日完成。個人的工作能力有限，如果能夠集合大量的人力生產器物或從事某類的大型工程，對於社會的衝擊才會顯著，才能提升整個社會的能力而進入另一個有階級分別的層次。賢字表現高層次的能力與效果，有能力組織與控制大量的人力去從事一件工作，當然完成的量可以大大的增加。

文字演變的一般趨勢，是以筆畫比較少的意符替代筆畫比較多的意符。不知道為何這個晚出的從子的賢字反而不傳。也許後來商業發達，有錢的人的社會地位提高，因此選擇通貨交易的貝作為賢達的標準。

宦 ㄏㄨㄢˋ huàn

甲骨文的宦字，作一個人的眼睛被關在有屋頂的牢獄中的樣子。當一個罪犯願意和管理層級的人合作，幫忙監視同類人犯時，當然值得提拔充當為小吏。宦字有小吏的意思，必是由此而來。

金文的字形稍有變化，把眼睛的方位調整為豎立，這是有意的變動。目字所表現的是一般平放的眼睛，臣則是表現人犯向上望的豎立的眼睛。宦既然是罪犯，是小吏的意思，當然就要使用豎起眼睛的臣字了。金文的宦字，把牢獄的部分改成一般的房子的宀，所以《說文》：「，仕也。从宀、臣。」沒有看出宦字與牢獄的關係。

嚚 ㄧㄣˊ

yín

甲骨文有一個字形，臣字的四周有五個圓圈的形象。在所知的字形中，與嚚字最為接近。

《說文》：「嚚，語聲也。从㗊ㄐㄧˊ，臣聲。，古文嚚。」所錄的古文字形，臣字之下多一個壬字。壬字是人字的演化，先是身上多一小點，接著小點成短橫畫而成壬字。這是文字演變的常規。從這個字形看，以臣字表達人的眼睛就很清楚了。

小篆的字形是在臣字上下各加個口。或許這是原先的創意；甲骨文的字形可能因為有太多口，沒有好好書寫。

囂字的意義具有負面的語意。有可能奴隸們常發牢騷，埋怨待遇不善，有如四張口發出吵雜的聲音令主人不悅。所以有愚頑、喜好爭吵等意義。臣是下等的人，主人不喜歡不順從的僕人，所以拿他們的形象創造具有負面含意的文字。

囂

丅一ㄠ

xiāo

與嚚字結構相似的有囂字。金文—作頁字的周圍有四個口的形象。在古文字，頁是人的繁體，強調是貴族的形象，把貴族的眼睛，甚至眉毛也描畫出來。貴族在指揮下屬作事情時，經常迫不及待要把事情做好，出口命令的聲調經常高而且急，有如眾口齊聲喧嚷，所以用來表示喧囂的情況與語調。貴族是有文化、有修養的人，應該保持不煩不躁的風度。貴族對於長官會盡量保持風度，對於下屬就不會顧及形象了。《說文》：「，聲也。气出頭上。从㗊、頁。頁亦首也。，囂或省。」沒有點名這是貴族頤指氣使的特徵。

妾 ㄑㄧㄝˋ qiè

與臣字相對應的是妾字。臣的意義是男性罪犯，妾則是女性罪犯。

甲骨文的妾字❶，是一名跪坐的婦女，頭上有個類似三角形的記號。這個記號有可能代表髮型，表達婦女已婚的狀態或其他特殊身分。這個字在甲骨文有時當做國王的匹配講，例如大乙奭妣丙，或稱大乙妾妣丙——這是國王大乙的法定匹配，謚號為乙的貴婦女，接受子孫的祭祀。

但不知為何，這個字也曾經使用為祭祀時奉獻的牲品。因為字形書寫的習慣，在三角形之下加上兩道小的斜畫，使得字形看起來像個

❶

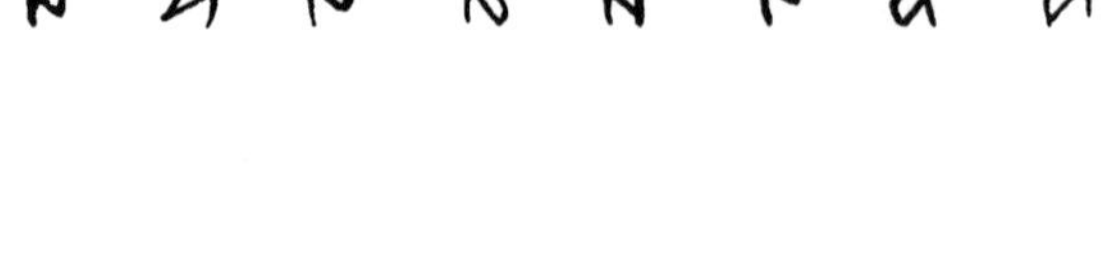

辛字。

甲骨文的辛字字形，是一把對於罪犯施行犯罪標記的刺紋工具。在臉上刺紋是罪犯的標示，所以就普遍認為妾的原先創意是犯罪的女性。

到了金文的時代，這個字的字形已成為女字上有辛字的定型寫法②，意義也都是指臣妾等低職位的人。《說文》的解釋也一樣指罪犯：「，有辠女子給事之得接於君者。从辛（ㄑㄢ）女。春秋傳云：女為人妾。妾，不娉也。」

②

奴 ㄋㄨˊ nú

甲骨文的奴字❶，一名女性的旁邊有一隻手，大致表現受到別人控制的婦女。和妥字的分別，只是手的寫法和位置稍有不同而已。妥字是爪向下壓制，奴是又從旁控制。

金文❷和小篆大致保有一樣的字形。《說文》：「，奴婢皆古辠人。周禮曰：其奴，男子入于辠隸，女子入于舂稿。从女、又。，古文奴。」沒有解釋為何以女字和又字的組合，會有女性罪犯的意思。

❶

❷

8

五刑與法制

人的體力有限，需要依賴群體力量，才能與動物、植物爭奪自然的資源，個人很難離群獨自生活。生活的空間既然不容許個人獨享，起碼期望群體都能遵循一定的生活習慣和準則，維持生活的和平、安寧，而不產生糾紛爭鬥。

這種人人遵循而可預期的行為準則，就是法律。法律需與刑罰相輔相成，才能達到制衡目的。罰是維持法則順利施行的手段，如果某人的行為超過社會所能容許的範圍，就要接受懲罰，以震懾其他可能違犯的人。

處罰本是為自己的族人而設，適用所有成員，沒有例外。遠古的時候，社團小，成員以親屬居多；人們肯定對於自己的親人會給予最大的容忍。因此那時候的懲罰，可能只是剝奪參加某種活動的權利，或是短暫拘禁、少許肉體的痛苦；最嚴重的是被逐出社團之外，讓他獨自面對充滿敵意的野獸和異族，失去保障；而很少做出傷害族人身體、會留下永久肉體創傷的處罰。

隨著社會進步，組織擴大，生活在一起的人越來越多，親屬關係越來越淡薄，法規也就日益繁雜，制裁越來越嚴厲。尤其是工具改良使得生產效率提高了，個人生產所得，有餘力提供他人的需求，於是逐漸產生俘擄他人來從事生產、創造財富的念頭。對於俘擄來的異族，當然期望他們服從法則；如有違犯，不會慈悲，而是不容情的施予最嚴厲的懲罰。

由於人們更重視實際的經濟利益，就想出了不嚴重妨礙工作能力的永久性肉體創傷的懲戒方式，並展示於公眾之前，以收震懾效果。

權威的確立，奴隸的使用，強化了社會刑罰的嚴厲程度。法則成為強者加於弱者的規定。很多本來是對付異族的嚴厲刑法，也慢慢會施用在自己族人身上。

龍山文化的時代，墓葬有受過截斷腳脛的刖刑犯，反映那個時代社會約制已經加強。考古證據也顯示，當時國家組織已開始醞釀。可見國家的建立與嚴厲刑法的推行，有連帶關係。

使用刑罰，是社會演進的必然趨勢。法字，原先字形是灋，造字的創意是：廌獸能幫助判案，用頭去觸碰不合法理的人；而法律對待人人平等，如水永遠保持水平。這種非常進步的思想，應是後來才有的。（關於「法」字，請參考《字字有來頭01動物篇》第51頁。）

罰 ㄈㄚˊ

fá

金文的罰字❶，由三個構件組合：是一個網子的象形，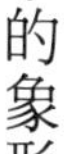是一把刀的形象，是一把長管喇叭的象形，做為言論的意義符號。《說文》：「，辠之小者。从刀、詈ㄌㄧˋ。未以刀有所賊，但持刀罵詈則應罰。」這個字的意思是指犯下不嚴重的小過錯。

由於這個字不是形聲字，所以三個構件都表達必要的意義。言是喇叭的象形，喇叭是政府有新政策要宣告時，用來號召大眾前來聆聽的工具，代表慎重思考後的言論。刀則是傷人的利器。網子是捕捉野獸的工具。三個構件組合起來，可能表達以刀傷人，或以（正式的、公眾前的）語言傷人，都要接受被捕捉的處罰。

❶

可能並非如《說文》的解釋，拿刀而詈罵人，雖沒有造成實質的傷害也要接受處罰。

民 ㄇㄧㄣˊ
mín

從甲骨文的一些字形，可以推論古代的肉刑，至少有刺傷眼睛、割下鼻子、斷絕腳脛、去勢以及死刑等等方式。

以懲罰來控制有戰鬥能力的俘虜或奴隸，減輕他們反抗的能力，是最要緊的事。但是如果因此損傷了他們的生產能力，則非懲罰的目的了。

把犯罪的一隻眼睛刺傷，是古代各民族常用的手法。單眼的視力不及雙眼視野廣闊，肯定會大大減低戰鬥力，卻不會減低工作生產力。就像臧字，作一隻豎立的眼睛被一柄兵戈所刺傷的樣子（請參

考本書第57頁）。瞎了一隻眼睛的俘虜，沒有太大的反抗能力，最好是順從主人的旨意。對於主人來說，奴隸的美德就是順從，所以臧有臣僕和良善的兩層意義。

基於同樣的創意，甲骨文的民字❶，一隻眼睛被尖針刺傷的樣子。被針刺傷的眼睛，就看不見或看不清楚東西。這是對付罪犯的刑法。民的意義本來是犯罪的人，後來才被轉用，稱呼被統轄的平民大眾。

金文的民字❷，刺針的形狀起了變化。後來的字形，根本看不出是針刺傷眼睛的樣子，所以《說文》：「民，眾萌也。从古文之象。凡民之屬皆从民。，古文民。」沒有解釋民字的字形的意義，「眾萌也」好像是解說字形的創意，說民字的創意可以從古文的字形看出，是表現眾草萌生而雜亂的樣子。一點也沒有說到眼睛或犯罪的重點。

❶

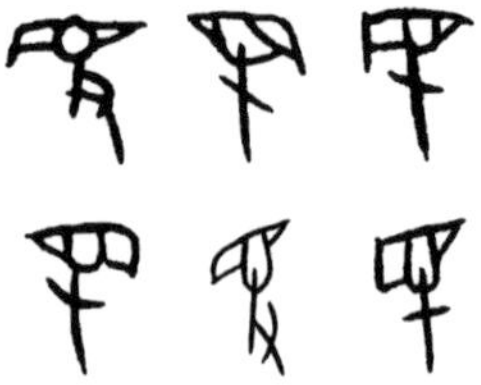

❷

童（ㄊㄨㄥˊ）tóng、㫐（ㄩㄢ）yuān（怨）

金文的童字❶，作一隻眼睛被一支尖針刺傷的樣子，以及一個聲符「東」。東字是一個裝有東西的大袋子形象。金文的字形已有把聲符的東與眼睛重疊在一起的字形，而東字的最下面，也演變成像是土字的樣子，所以《說文》：「，男有辠曰奴，奴曰童，女曰妾。从辛，重省聲。，籀文童，中與竊（ㄑㄝ）中同从廿。廿，以為古文疾字。」完全看不出字形含有眼睛的形狀，而以為童字的創意是從重的省聲字。

使用尖針刺傷眼睛，是對付男性奴僕的刑罰，所以有男僕的意義。童字後來被假借為兒童的意義，所以就在童字之上加人的意符，

❶

而成為僮的形聲字（金文或加立字，後來沒有被採用），以便與兒童的意義加以區別。

不只中國商代如此，以前日本也有用獨眼人在深山從事礦冶工作的傳統，還有將屍體一隻眼睛破壞的風俗，據說這種習俗是來自以人獻祭的習慣。不過，恐怕不是這樣，這種習俗應該是來自派遣刑犯工作。甲骨文的眢ㄩㄢ字❷，一隻眼睛和一把挖眼睛的工具組合的形狀，表示受過被挖掉一隻眼睛的刑罰之後，獨眼的視覺較差的意思。一個人受刑過後，心中也不免會有所怨恨吧，所以有怨這個字。

《說文》：「眢，目無明也。从目，夗聲。讀若委。」應該就是甲骨文的眢字。挖眼睛的刑具部分與眼睛分離，而成為夗的字形，所以被誤以為形聲字。一隻眼睛的視線不良，所以有目無明的意義。又因為眢字上部的夗字形起了離析的訛變，《說文》勉強解釋夗字形的意

❷

義：「夗，轉臥也。从夕、卩。臥有卩也。」事實上，從甲骨文的字形可以看出，夗字和身子臥床有節奏，是完全沒有關係的。

不知道是否因為刺傷一隻眼睛的行為被認為太過殘酷，或是還另有其他缺點，商代以後就不再施行這種刑罰。除了刺傷眼睛的刑法，其他商代的肉刑，都被繼承的周朝接受，繼續施行。

《尚書．呂刑》說周代有所謂「五刑」的刑罰三千條例，包括：違犯了在臉上刺字的墨刑有一千條條文；割鼻子的刑罰也有一千條條文；砍斷腳脛的刑罰有五百條條文；去勢（男性生殖器）的刑罰有三百條條文；死刑有二百條條文。刺傷眼睛的刑罰是純由字形來推斷的，沒有確實的證據能判斷商代是否還在施行刺瞎眼睛的刑罰，可能那是更早時代的刑法。但周代的五刑，都反映於古代的文字裡。

黑 ㄏㄟ hēi

用針尖在臉上刺花紋，並在花紋上塗上黑色的顏料，使得永遠存在的犯罪標記。這種刑罰，古代稱為墨刑，這是對人體造成永久性傷害的最輕微者。施予墨刑的處罰，不失為一種對於犯下輕罪者的警告和寬恕。如果超越了墨刑的範圍，那就得動用傷殘身體的大刑了。

在人身胸上刺花紋並染紅色，在中國本是一種死亡的儀式。大概統治者看到這樣可以留下永不磨滅的痕跡，改以黑墨塗抹，施用在罪犯臉上，代替死亡，表示赦免。這樣的刑罰完全不會影響受刑者的工作能力，又是震懾他人的活動告示。對於犯下輕罪的人，不失為懲罰的好辦法。

金文的黑字，作一個人頭部（臉上）刺有字跡的樣子。後來這一個人身子的四周也加上幾個小點，這不知是無意義的裝飾，或是表示連身上也刺上花紋？

甲骨文的粦字，表現一個人（巫師）身上塗磷，扮演鬼神的樣子。磷是一種礦石，在黑暗中會呈現碧綠色的磷光。人的骨頭含有磷，死後會慢慢滲出骨頭的表面，只有死後多年的骨頭才會發出磷光。巫師就以這樣的打扮跳舞，有墳場裡磷光上下漂浮的氣氛。所以金文的字形，就加上表示跳舞的雙腳。

《說文》：「粦，兵死及牛馬之血為粦。粦，鬼火也。从炎舛。」其實死亡多年的骨頭都會發磷光，不必是戰鬥死亡的士兵。也許墨刑是源自巫師的作為，只是把磷改為黑墨，塗抹在罪犯的臉上。刺上花紋以後再塗抹黑色的顏料，花紋就永遠不會消失，所以才用黑字表達

黑的顏色。

銅器的銘文有提及在臉上刺墨的刑罰②。這些字看起來結構很繁雜，但分析起來並不難。就是黑字的源頭，因為字形太小，不便在臉上書寫幾個小點，所以就省略了。表現接受墨刑的人犯。是畫一個人有眼睛以及眉毛的詳細頭部形象。把眼睛細節畫出來，是表現貴族形象的早期造字表達方式。表示即將受刑的人是一位貴族。是一隻手拿著一支刺刻花紋的工具，即將在一位貴族的臉上刺刻花紋的樣子。

仔細看，這把刺紋工具的前端還有突出的細針狀，和後代的刺紋工具一樣。因為這件銅器的銘文講述要對某一位貴族施行刺墨的刑罰，所以使用貴族的形象。看來，黑字表達的是一般的百姓。這個繁複的字形所要表達的是貴族的身分。後來認為這種分別沒有必要，所

②

以就停用這個字了。

至於另一個同樣意義的字，把貴族的形象換成，這是一處建築物屋頂有特殊裝飾，應該並非表現一所監獄，而是施予墨刑的官廳所在地，所以屋頂上還有特別的裝飾，是官府的標示。

宰 ㄗㄞˇ zǎi

甲骨文的宰字❶，作一間房屋裡頭有一把刺刻花紋工具的樣子。表示屋中有人掌握著處罰他人的權威。這裡掌握著對人犯施加刑罰的權威，所以引伸出宰殺、宰制等意義。這個字後來被用來稱呼總理一國政事的最高官吏。這個字從金文❷到小篆的字形，大致都穩定。

《說文》：「宰，辠人在屋下執事者。从宀、从辛。辛，辠也。」認為辛代表犯罪的人在屋子裡工作，恐怕是錯誤的見解，因為宰字的意義是官吏，不是罪犯。

甲骨文的辛字❸，是一把用來在臉上刺刻花紋的刀子形象。這個

❶

❷

字的最初形象，大致是一支粗頭的尖針形狀，因為字形太過於單薄，所以加上表示尖銳器物的兩筆斜畫而成為。後來字形進化的常規，最上的橫畫加一短的橫畫而成為的字形。在文字創作上，這支刺刻花紋的工具，就代表罪犯有關的意義。甲骨文有好些字與辛字組合構成，表示商代或之前的時代，已採用過刺墨的刑法，才有這樣的表現。金文的辛字❹，字形不變。

《說文》：「辛，秋時萬物成而孰，金剛味辛，辛痛即泣出。从一、辛。辛，辠也。辛承庚，象人股。凡辛之屬皆从辛。」完全沒有看出辛字是一把工具的形象。

❸

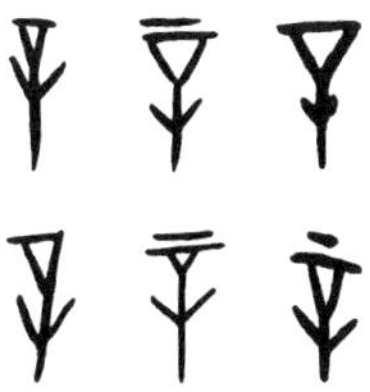

❹

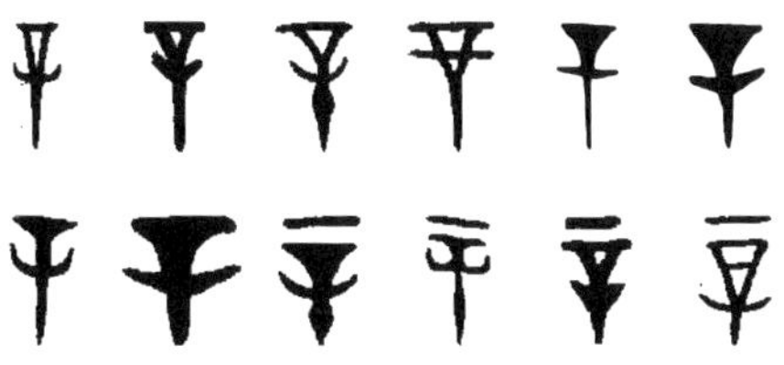

辠 ㄗㄨㄟˋ zuì

金文有個罕見的辠字，以一支刺刻花紋的工具以及一個鼻子組成，看起來好像表示在鼻子上刺墨的狀況，但是鼻子的面積太小，它應該是表示在鼻子上端的額頭處刻紋。只有犯罪的人才會被執法者在臉上刺紋，所以用來表達犯罪的意義。

《說文》：「，犯法也。从辛、自。言辠人戚鼻苦辛辠𢝊(ㄧㄡ)，秦以辠似皇字，改為罪。」這裡不以為是表達在鼻子上刺刻花紋，而以為是表達罪人的鼻子感到辛酸，恐怕有點附會。《說文》還說明後代不使用辠字的原因，是因為秦始皇不喜歡辠字的上半部像「皇」字而改變的。

僕 ㄆㄨˊ

pú

甲骨文有一個字，表現一個人在傾倒簸箕裡的垃圾的樣子。這個從事雜務的人，頭上有代表犯罪的辛的符號，身後還有尾巴的樣子，它可能是表達一種地位低微者的服裝標示。低賤的工作原是罪犯所從事的，後來才慢慢演變成貧窮者的職業。

這個字和金文的僕字❶，同樣表現使用竹編的籃子在工作的樣子，所以甲骨文的字形被認為是金文僕字的前身。

金文的僕字，大部分由兩個構件組合。左邊是一個人字，表示這個字的意義和人事有關；右邊的部分，最多見的是表達雙手捧著一件

❶

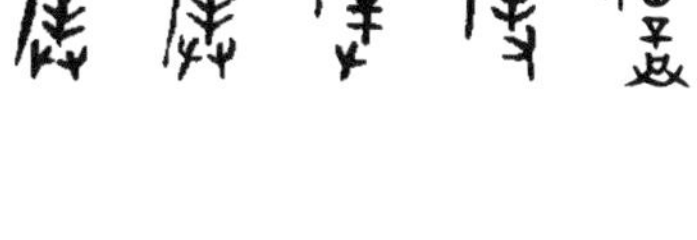

器物。被捧著的東西，一個是竹編籃子的甾ㄗ字。這個字的甲骨文字形②，變化很多，最先是一個用竹片編織的籃筐形。接著變成把口封閉起來，然後變成只有一個交叉的編織花紋。金文的字形③，可以看得出是延續甲骨文的字形。

《說文》：「，東楚名缶曰甾。象形也。凡甾之屬皆从甾。，古文甾。」小篆竟然還保存甲骨文的字形，字義說成是東楚地區所命名的一種大型陶器。

從甲骨的字形來看，這個字所表達的應該是一件柔軟的器物，所以認為這個字的本義是竹片編織的籃筐。這個字在甲骨文都使用為表示方向的「西」。但因為甾字與西字的讀音並不屬同一個韻部，所以西的意義不太像是經由假借的方式。猜不透為何用籃子表達西的方向呢？

②

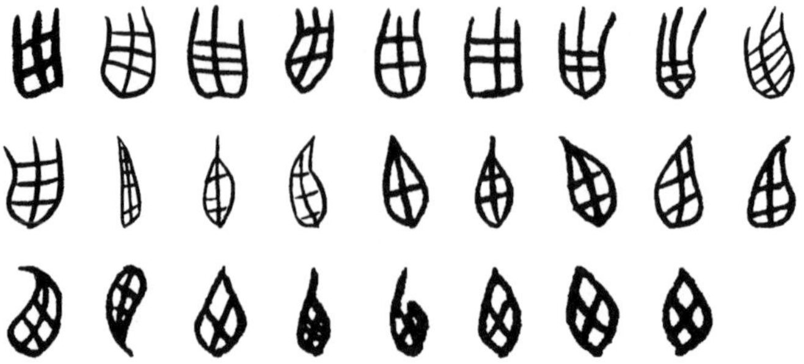

《說文》：「，鳥在巢上也。象形。日在西方而鳥西，故因以為東西之西。凡西之屬皆从西。，西或木、妻。，古文西。，籀文西。」小篆的字形已經訛變了，以致被誤以為與棲字同一個字，而有鳥在巢上的字形解釋。追溯西字的甲骨文字形，看不出創意有可能是鳥棲在巢上的樣子。

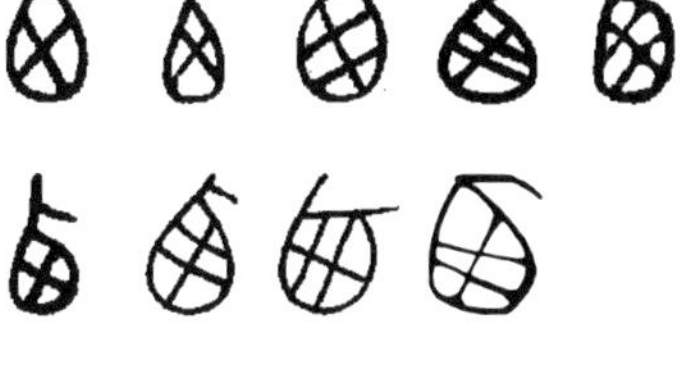

金文僕字另一個使用雙手捧著的字形，看起來是拿著有柄的竹片編織物形。其他的或是已經訛變以後的，或是表現在屋子裡頭。《說文》：「，瀆業也。从丵、从廾，廾亦聲。凡業之屬皆从業。」業字形就是從變化來的。《說文》：「，給事者。从人、業。業亦聲。，古文从臣。」

總合以上的訊息，甲骨文的僕字表現一個身穿僕人的服裝，頭上還有罪犯的辛字象徵，雙手捧著一個竹編的籃筐的樣子。這個僕人，多半是在從事傾倒垃圾一類的卑微工作。金文的字形則是表現一個人，雙手拿著一個竹編的籃筐，或拿一個有柄的籃筐。因為傾倒垃圾常是僕人的工作，便以之表達僕傭的意義。《說文》所舉的古文字形，以臣字替代人，更說明這個人的地位是一個奴僕。菐是從僕字分析出來的字，僕字並不是以菐作為聲符的形聲字。

在臉上刺墨雖是永不能消除的恥辱標示，但還不妨害身體的工作機能。其他的肉刑就會對身體的機能有所損害，並且留下永不能復原的傷痕的懲罰。肉刑的嚴厲，反映出對社會的控制加強。

劓 ㄧˋ

yì

甲骨文的劓字①，是一把刀和已被割下來的一個鼻子的樣子。金文的字形，還在鼻子下面加一個樹木的符號，應該是表達把切割下來的鼻子高高掛在樹上，有警告其他人不要違犯法令的作用。

《說文》：「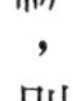，刖鼻也。从刀，臬聲。易曰：天且劓。，劓或从鼻。」自是鼻子的象形字，被借用為語詞的自，所以也就在自字下加一個聲符畀而成為鼻字，而與自字有所區別。甲骨文還有臬字，作一個鼻子高掛在樹上的樣子。《說文》：「，射準的也。从木，自聲。」臬字和自字不在同一個韻部，所以這個字也是一個表意字，表達把割下來的鼻子掛在樹上當做練習射箭的標靶。鼻子被割下

①

來已經很悲慘了，竟然還被高掛在樹上接受公眾的凌虐，應該是非常痛恨人犯的表現。劓應是常見的刑罰，所以才需要創造文字來表達。

刖 ㄩㄝˋ

yuè

比把鼻子割下更為嚴重的，是鋸去腳脛的刑罰。甲骨文的刖字①，作一隻手拿著鋸子一類的工具，正在鋸掉一個人的腳脛的樣子。大字是一個成年人站立的形象，現在被鋸掉了一隻腳脛，兩腳就長短不一了。人失掉一隻腳脛以後，就成為行動不方便的跛腳人。金文有尢字，就是描寫大字的兩腳，有一隻腳受傷而變形了。

《說文》：「尢，𡯌（ㄅㄛˇ）也，曲脛人也。从大，象偏曲之形。凡尢之屬皆从尢。」這個字的筆畫太少，和大字的區別不大，為了避免可能的混淆，就在尢字加上聲符王而成為尪（ㄨㄤ）字。尢字的另一個字形是兀字，所以尪字也可以寫為尩（ㄨㄤ）。

①

不知為何，刖腳的刑罰比劓鼻的刑罰更常見於文獻。卜辭有問及向一百個人動用刖刑的卜問。《左傳》曾記載齊景公的時候，因為太多人受過刖刑，以致於國內市場，為受刖刑的人走路方便而設計的義足，供不應求，造成一般鞋子便宜而義足價格昂貴的反常現象。《說文》：「，斷足也。从足，月聲。，跀(ㄩㄝˋ)或从兀。」跀是形聲字，從足從兀的䟣(ㄩㄝˋ)是表意字，現在習慣使用形聲形式的刖字。

比砍斷腳脛更嚴重的刑罰是去勢，那是把男性的生殖器割掉的刑法。如此一來，這個人就不能夠再生育了。對於重視傳宗接代的中國人來說，是非常殘酷的處罰。甲骨文就有一個字②，以刀割下男性生殖器的樣子。甲骨卜辭有卜問是否對俘獲的羌族人動用這種刑法。由於在皇宮中服役的男性都要接受這種刑法，以防範與宮女有曖昧的關係發生，所以後來這種刑法就稱為宮刑。宮刑是比斷腳還要嚴重的處罰。

②

縣 ㄒㄧㄢˋ

xiàn

對於罪犯最為嚴厲的處罰，當然是處死。把人殺死以後，為了要警告其他人不要違犯這種極刑，還會把砍下來的人頭高掛起來，讓大眾能夠看到。金文的縣字①也就是現在常常使用的懸字，一棵樹上懸掛著一個用繩索綁著的人頭的樣子。《說文》：「縣，繫也。从系持県。」小篆的字形把樹木省略了，變成一根繩索綁著一顆人頭，警告眾人而將人頭高掛樹上的重點已經沒有了。

可能城門是人們進出的通道，來往人最多，最可收到梟首示眾的效果，所以後來城門就成為梟首的所在。也許這也是縣字成為司法判決的最小單位的取名原因。

①

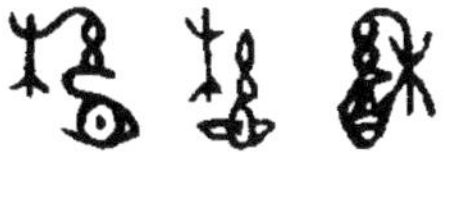

赦 ㄕㄜˋ shè

人們對於嚴厲的刑罰，久而久之也就習慣而不以為非。孔子雖說過「身體髮膚受之父母，不敢毀傷」的話，但並沒有批評過一句肉刑的殘忍。倒是漢代的孝文帝，憐憫受刑者「刻肌膚，斷肢骨」的終身痛苦，才免除肉刑，代之以鞭笞的刑法，給罪犯者一個反省的機會。

法與罰是相輔相成的。「法」是一個社會中人人應該遵行而可以預期的行為準則。「罰」是維持其法則能夠順利施行的手段。

在階級尚不分明的社會，法與罰，對於每一成員的適用是沒有偏差的。但是到了階級分明的時代，法漸漸成為強權者加於弱者身上的規定。弱者只能接受、履行規定的責任，很難有挑戰的力量。為了維持有效控制，統治者一方面對被統治者做出不留孑遺的嚴厲警告和措施，但另一方面，對於有挑戰力量的貴族，卻要給予寬恕和容忍。

古代對於犯法的貴族，給予寬貸，讓他們使用財物代償，免除身體傷殘的處罰。一件西周時代的銅匜器銘文，記載一個小貴族犯了應被鞭打一千下並在臉上刺紋塗墨的過錯，但這位接受判刑的貴族以承認錯誤、支付代償金額的方式，取得判案官吏的寬恕，改以鞭打五百下以及罰金結案，免除了在臉上刺紋的永久性羞辱。沒有特權的普通百姓，可就沒有這樣的幸運了。

金文的赦字，就是一隻手拿著鞭子在鞭打一個人，以致於流血（大字兩旁的小點）的程度，做為赦罪的替代。《說文》：「，置也。从攴，赤聲。，赦或从亦。」赦字的本來創意是表意

的方式，有可能被鞭打以致於流血程度的亦字形，接近於小篆的赤的字形（赤字的創意來自大火的顏色），而變成了像似形聲字的形式。

但是威權並不是完全不能夠挑戰的東西。如果刑罰超過了人們可以容忍的程度，肯定就會引起反抗。掌權者總想得到形勢容許的最大程度的權威。而被統治的人當然是想得到最大限度的自由以擺脫管制。因此，各時代的法則，反映出雙方在不斷鬥爭和容忍下，得到雙方可以接受的不同程度的準則。

在國家組織階段的初期，戰鬥是貴族階級的主要權利和義務。春秋時代以來，爭戰頻繁，兵源需要日多，不能不大量招收平民。武士的地位越來越衰微，階級的界線漸漸模糊。另一方面，社會安寧，產業發達，才是與其他國家爭強的本錢。為了與他國爭強，為政者不能不取得國內人民的合作而做出各種各樣的讓步。因此有些君主就逐漸頒布法律條文，做為官民共同遵守的準則，換取人民合作。本來法律只是貴族鎮壓下民，只憑自己意願處罰人民的法則，逐漸變成人民接受其治理的協定，終於成為官民共守的準則。即使條文未必都能公平，但比起統治者只憑一己意願行事的時代，已經進步很多。

9

軍事技能養成

把生活經驗傳給下一代，是所有動物的天生賦性。在人類社會，不論原始或先進的，都會把教學事務納入管理眾人的組織機構，差別在於規模大小以及精細程度而已。

初始階段，父母、親人負起最初的教養任務，到了適當的年齡，就要把男孩送進學校，習慣團體生活，學習自立於社會的必要技能與知識。嬰兒初生時沒有什麼分別，長大後卻養成不同的價值觀念與行為準則，主要就在於這個過程中受到不同教育的影響。

古代在戰場得勝以後，有把戰場割下來的敵人首級以及耳朵，奉獻給神靈的習慣。進行這樣奉獻的場所，是在學校。

商代甲骨卜辭和西周的銅器銘文，顯示學校有小大之別。小學，是學習基本知識與技能的地方；大學，則是學習比較高深的學問與特殊技能的所在。至於這兩種學校，是分別在不同學校施教，或是匯合在同一個學校裡上課，就不清楚了。訓練軍事大概是屬於高等的大學的項目。這兩個層次的學習內容一定很不同，讓人有興趣知道學校是基於何種的概念創造的，並有哪些相關的文字。

學 ㄒㄩㄝˊ xué

甲骨文的學字❶，有幾種寫法。字形有最簡單的，稍為繁複的或，以及最繁複的。到了兩周的金文❷，多了兩個構件，子與攴。可以了解，因為古代接受教育的都是男孩子，所以加上一個子而成為，這就是我們現在經常寫的學字。大概古人認為使用處罰可以增加學習效果，所以又有這樣的寫法，多了一隻拿著竹杖的手，這是要威嚇小孩子們用功學習的手段。現在已經不使用這個字形了。

這個字的創意，《說文》：「，覺悟也。从教、冂。冂，尚矇也。臼聲。，篆文斆省。」認為是形聲字。說得並不對。

❶

從「學」的眾多字形裡，可以看出共有幾個不同的構件爻、臼、子、宀、攴。臼是雙手捧東西的樣子。子是小孩子的形象。宀是房屋的外觀。爻和後來爻字的字形相似，《說文》解釋：「爻，交也。象易六爻頭交也。凡爻之屬皆从爻。」解釋爻字是表達交錯的卜卦或計算的算籌形狀。

以教學的工具表達學習的意義，是很合理的。但學校是兒童去學習的地方，學習的項目應該是比較簡單的知識與技能，而不是高深的學問。以算籌演算數學，是很晚才發展的進步學問，發生的時間也不會早於春秋時代，不會是商代以前創造學字那時候所依據的事物。至於更為高深複雜的卦爻神道，更非一般人所能懂得的學問。原始教育的特點，是學習與生活和生產需要有密切關係的事，因此，爻所表現的，應是一般入學兒童所能夠了解或學習得來的事情，決非專職人員才懂得的高深知識。占卜也不會是軍士所學習的內容。

❷

所以，學字不會是依據神道的概念來創造的。恐怕要借重別的字，才能推論學字的真正創意。

樊 ㄈㄢˊ

fán

金文的樊字①，含有爻的構件。《說文》解釋：「棥，藩也。从爻、林。詩曰：營營青蠅，止于棥ㄈㄢˊ。」、「樊，鷙不行也。从𠬞、棥，棥亦聲。」說棥是籬笆的意思，字形應該是表達一根根的木樁，用繩子綑綁起來成為籬笆的意思。而樊字就表達用使用雙手來綑綁籬笆。因此，關鍵的「爻」，就是繩子打結的多重交叉的形象。

交叉的繩結形狀，會與數目字的五（X）發生混亂，而且綑縛東西也需要綑綁多個層次才能夠牢固，所以古人習慣用兩個並列的繩結來表示。

①

古代把兩件東西緊緊接合在一起，最常用的方法就是用繩索綑縛。綑綁繩結是古代生活的重要技能，處處都用得著。譬如把兵器或工具牢牢綑綁在木柄上（如左圖），或固定房子的木構件等等（如204頁圖）。古人架屋的機會遠比今人為多。尤其是還未經營定居生活的時代，把屋子拆拆架架更是生活常事。架橋和造屋，是半開化部落教學的主要內容，都需要結繩的技巧。這就解釋了為何甲骨文的學字，包含表達房屋的構件了。綑綁繩結需要使用雙手，所以也可以解釋為什麼後來加上雙手的符號。

由此可以推論，學字的最早期字形是，表達多層綑綁的繩結。善於綑綁繩結，是古代人們面對大自然的最基本的生活技能之一，所以現代訓練童子軍，也要求熟悉打繩結的技術以適應野外生活。綑綁繩結需要使用雙手，所以有了字。又因為最常使用打繩結技巧的是蓋房子，所以有了字。這個字也被簡省成與。接

著有，多了一個學習者的小孩子的子字，因為只有男孩接受教育。最繁的字形，多了一隻手拿著鞭子或竹杖一類的，表示以處罰勸戒孩童學習綑綁繩結的技巧。很顯然，從很早開始，人們就認為鞭打的處罰，是有效的教學方法之一。

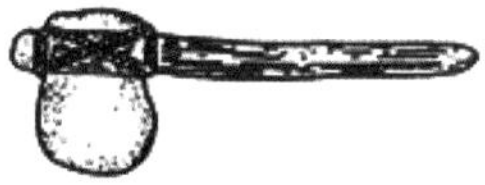

新石器時代的石斧綑綁方式。

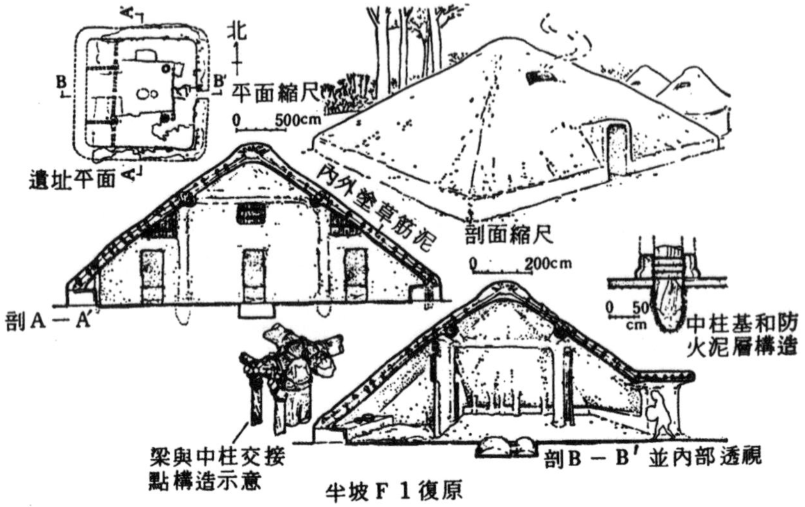

六千年前仰韶文化晚期，
結構複雜的房子復原圖。
左下部分顯示樑與柱子的聯結，
是用綑綁的方式。

教 ㄐㄧㄠˋ

jiào

甲骨文的教字，較早的字形大半是爻與攴的組合，表現以鞭子威嚇的方式教授學生綑綁繩結的技巧。然後加上一個子的構件，更完整表達以威嚇方式教導男孩子學習綑綁繩結的技巧。金文也保持兩個字形。

《說文》：「，上所施，下所效也。从攴、𡥈ㄐㄧㄠˋ。凡教之屬皆从教。，古文教。，亦古文教。」也收錄這兩個字形，但沒有解釋這個字的最重要構件，爻，表達的是什麼事物。

甲骨卜辭有「大學」的名稱，可以得知商代不但孩童入學校受教

育，應該還有為成人而設的高層次的教學。

甲骨卜辭多次問及「教戍」（教育戍守邊疆的技巧）、「學馬」（學習訓練馬匹的技術）、「王學眾伐于免方」（學習攻打免方的戰略），應該是有關軍事的訓練。

負責教學的人，自古以來就稱為師，師在商周時代也是一種軍銜。這就解釋了為什麼打了勝戰以後，還要在學校裡舉行獻祭的儀式了。以下介紹與軍士訓練有關的幾個字。

bèi

商代的大學有如今天的軍事學校，是培養高級軍官的地方。但教學也要從基本的體能訓練做起。甲骨文的誖字①的辨識方式要從後代往前推演，才能有效解讀。

《說文解字》：「，亂也。从言，孛聲。，誖或从心。，籀文誖从二或。」這個字的小篆與籀文的結構完全不同，從文字學的觀點看，籀文的字形是一個表意字，小篆的從言或從心孛聲的字形，是後來為了方便音讀而創造的形聲字。言是表達言論的符號，心是表達思考的符號，兩者經常可以相互替代，因而可以知道這個誖亂的意思，和言論與思考都有關係。許慎沒有解釋為何籀文的字形有誖

①

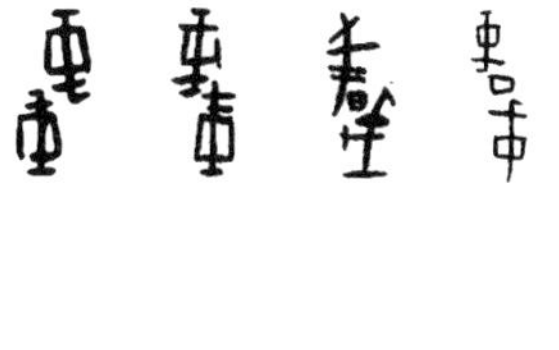

亂的意思。

誖的籀文是一個已經訛變很多的字形，不好推論文字的創意。小篆與籀文之前的金文，也難看出如何有誖亂的創意有關。甲骨文的應是它的前身，又是更前的字形。這就可能猜測得到誖字的創意了。

誖的甲骨文字形，是的一正與一反相疊的形象。字表現的是一把兵戈上附有矩形的東西（如210頁附圖），攻擊武器的戈柄上附有防禦性的盾牌的樣子。這種盾牌兼有攻敵與防禦的作用。如果有意以這種盾牌相向的話，將會有相互傷害的可能，則這個字的意義將會與傷害有關，而不會是誖亂。

使用這種武器，如果列隊整齊的話，就不會傷到同伴；如果在慌亂中列隊，才會有相互撞擊而傷害到自己人的情形。可以想像這是在慌亂中（或是在黑暗中）排隊，才會造成的現象。

所以，是誖字較早的字形，然後盾牌與兵戈分離而成為、，然後方型的盾牌變成圓形，籀文再進一步訛變，成為兩個或字相向連結。這就難看出原來是什麼創意了。

這是一個文字學家如何從後代的字形，一步一步往前推而辨識古文字的好例子。從這個字，我們也可以想像古代軍事訓練，也有夜間召集的訓練，以應付敵人的夜間突襲。

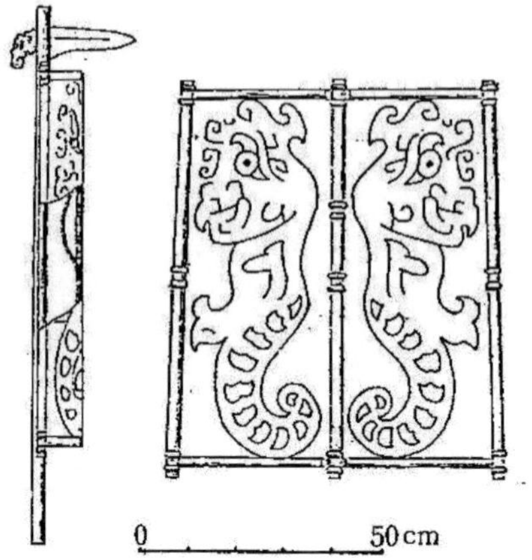

復原的商代盾牌，
就是甲骨文字表現的形象。

立 ㄌㄧˋ

lì

甲骨文的立字①，構形是一個在一道橫畫之上。是大字，表現一個站立的大人的形象。

大小的大，是一種抽象的意義，沒有實體可以描述。因此古代的人想到大人的身子比小孩子要高大許多，就利用它來表達大小的大的意思。

古文字所表達的創意，在物件之下的一道橫畫經常用來表示地面。所以很容易理解，古文字的立字，是一個大人站立在地面的樣子，所以有站立、立定、建立等相關的意義。

①

西周時代的金文，有時就把人的頭部也畫了出來❷。立字的創意很明顯，容易理會，書寫時不會寫錯，所以一直到秦漢時代的小篆立都保持同樣的字形。《說文》：「立，侸也。从大在一之上。凡立之屬皆从立。」解釋完全正確。

立字在西周的銅器銘文中，經常用做位置的意思，如中期的《休盤》：「王在周康宮，旦，王各大室，即立。益公右走馬休入門，立中廷，北嚮。」前一個「即立」是即位，就位的意思。後一個「立中廷」是站立於廷中的意思。

一個字形表達兩個意義，有可能被混淆，所以後來代表位置意義的就寫成從立胃聲，這個字的筆畫太多，就改寫成「位」了。

大人站立於地面，為何會與軍事的訓練有關呢？

❷

這可以從並字與替字偵查出來。

並 ㄅㄧㄥˋ bìng

甲骨文的並字❶，表現兩個立字並排，或兩個大人相鄰站立在同一地面的樣子。並的創意很容易了解，以兩個大人並排站立表達，所以有相併站立的意義。金文❷字形不變，或在地下多一道無意義的橫畫裝飾。《說文》：「竝，併也。从二立。凡並之屬皆从並。」

兩個大人相併站立是很平常的情況，為何說它與軍事訓練有關聯呢？這就要看下面這個字。

❶

❷

替 ㄊㄧˋ tì

這個字在古代文獻使用不多，只有幾個字形，甲骨文字形是，金文字形是。要了解這個字的創意，就得借助《說文》的解釋，「，廢也。一偏下也。从並，白聲。，或从曰。，或从兟ㄕㄣ从曰。」

替字的意義是廢，即敗壞了一件事情的意思。敗壞是一種抽象的概念。從小篆的幾個字形看，上半部分都表現兩個人正面站立，或側面站立。下半部則是曰或白。曰的字形表現嘴巴出聲氣的樣子。白是自的簡體，表現一個鼻子的形狀。《說文》：「，此亦自字也。省自者，詞言之气从鼻出，與口

相助。凡白之屬皆从白。」不管是嘴巴或是鼻子，都很難結合兩個人並排站立的形象而表達出敗壞的意義。

從文字學的觀點來看，很可能替字所包含的曰或白的構件，是一個坑陷字形的訛變。整個字形大致表達兩個人被陷落在一個阱陷裡，兩人不願合作想辦法爬出坑外，只在坑裡坐以待斃，敗壞了解救的時機。

《說文》還寫了一句很奇怪的話「一偏下也。」這顯然不是替的字義，而應該是對於字形的解說。甲骨文的字形或金文的字形，都是一個立的位置比另一個立的位置稍微偏低的形象。這豈不是「一偏下也」的描述嗎？很可能被不明其意義的人把《說文》所標示的古文字形給刪掉了。

用兩個人站立的位置不整齊，表達敗壞的意義，豈不是和之前介紹過的甲骨文諎字一樣，意義來自因排隊不整齊而致敗壞了隊形的陣容嗎？因此，替的原來創意是，排隊不整齊而致敗壞了隊伍整體的形象。在一般情況下，不會特意要求大家都站在同一條直線上，一般人也不會輕易接受別人的指揮而如此排隊。只有講求紀律、服從、整齊的軍隊，排隊不整齊才會得到敗壞的評價。要求隊伍整齊，最常見的情況是軍隊訓練或展示軍容的時候，所以才選擇以這種情況創造敗壞的意思。

中國文字演變的趨勢是使每一個字都保持方方正正，或同樣大小的外觀。如果以兩人並立，一高一低的字形來表現，字形既不方整，又容易與兩人並立同樣高度的並字起混淆，因此改變以兩人並立一個陷阱裡，張嘴呼叫而不想法子脫逃做為敗壞的舉動。這個字形演變為小篆的。或取兩人並立之形而下面加一個陷阱的形狀，同樣

表達不思脫逃為敗壞的舉動，而演變為小篆等的字形了。

鬥 ㄉㄡˋ dòu

從甲骨文的鬥字①的字形，我們很容易看得出小篆的是後來演變的字形。《說文》對於這個字的解說，「兩士相對，兵杖在後，象鬥之形。」我們看不到這個字的字形含有兵杖之類武器的形象，只看到兩個人徒手扭打的形象而已。這也比較可能是軍隊的訓練，而不是一般人打鬥。

人類文明的進化大致經過三個階段。第一個階段為最原始的，以漁獵採集為生的平等社會。第二個階段大致是新石器時代，人們以園藝農業維生，社會開始有階級分別。第三個階段是以農業維生的多層階級社會，是有國家組織的時代。中國書寫文字的創發大概就在這個

①

時代。

這個時代社會的特徵是採用中央極權的政治組織，社會呈多層次化。人人需要對政府服務，包括交稅、勞役、兵役等等。為了爭取自然資源而有大規模對外戰爭，因此獎勵對外殺敵而禁止私人之間的爭鬥。

既然國家禁止個人間的爭鬥，因此以兩個人扭打取意的鬥字，比較可能來自於軍事事務的創意。打鬥是一種有效的體能訓練，而「寓樂於學」又比較可以收到教學的預期效果，所以很容易發展成有娛樂、有競賽的競技活動。角力一類的項目，就成為軍隊訓練體能兼帶有競技、娛樂性質的教學方式，猶如今日奧運項目的摔角或角力。

秦代稱這種遊戲為角抵。到了漢代已是相當受歡迎的節目。不但在民間流行，連皇帝饗宴外賓，也以武士角力做為娛樂嘉賓的節目。有時戰士會打扮成猛獸的樣子，驚嚇敵人的人馬；所以為了增加刺激及提高觀眾的興趣，鬥士也會裝扮成虎、熊等猛獸的樣子。徒手打鬥的技術，是軍士教學的內容之一。

秦漢時代透雕的角力紋銅飾牌。

10

政府的管理者

中國古史的第三階段，階級已經確立，國家治理已經制度化，強化個人對於國家的義務，而且有文字記載，進入了信史時代。在中國，這個階段的成熟期，以夏、商、周三代的王朝為代表。這時期掌握政治上最高權力的人，被稱為王。

王權雖是一種頗為抽象的概念，卻是一個有組織的社會或國家所必須要表達的意義。一旦有了文字，人們一定要想辦法用文字去表達這種權威與地位。

表達王權抽象概念的這個字，創造方式不外借用其他音讀相近的字，或是借用與王權有關的事物去表達。王字的創造，是否借用什麼樣的事物去表達？是否與其時的社會結構有關？是一個很有趣的探討題目。

王

wáng

甲骨文的王字①，出現次數非常多。較早的字形是一個高窄的三角形上有一道短的橫畫形，後來在最上頭加上另一道短的橫畫。接著是最下的三角形變成一直線。金文的字形②，稍微有點變化，終於比較固定，上面兩道橫畫比較靠近。

《說文》：「王，天下所歸往也。董仲舒曰：古之造文者，三畫而連其中，謂之王。三者，天地人也，而參通之者王也。孔子曰：一貫三為王。凡王之屬皆从王。，古文王。」解釋三道橫畫代表天地人，中間的直畫代表王者，王者是能夠溝通天地人三者的人。這是極為深奧的哲學思考。從早期甲骨文的王字只有兩道橫畫，可以肯定許

①

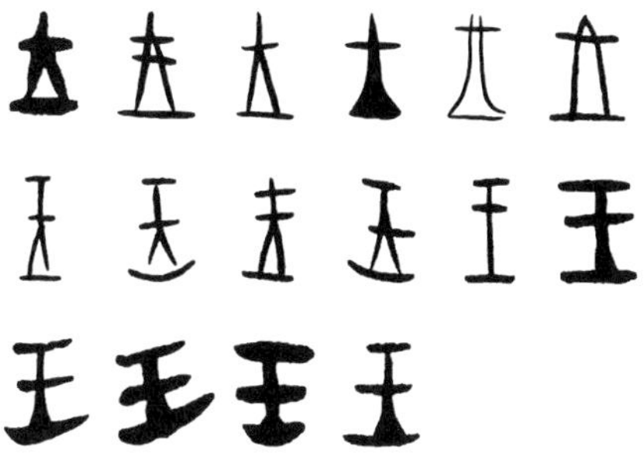

②

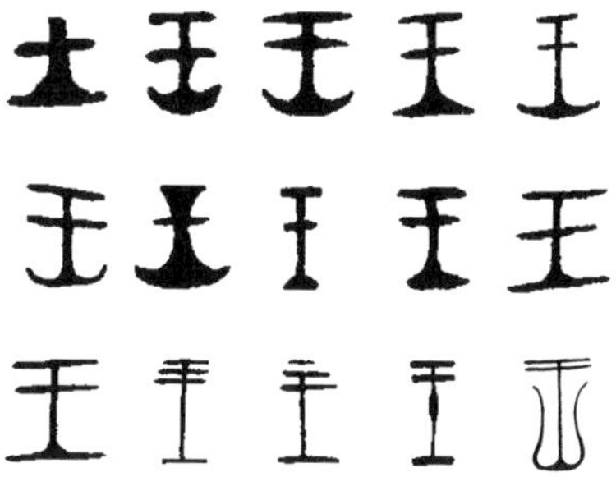

慎的解釋一定是不對的。而且三道橫畫也應該間隔相同，也不是中間的筆畫靠近上邊的筆畫。

王權是國家的重要象徵，王字的創造，一定是和國家的統治有關聯。但是這個字的構形卻又是那麼的簡單，想要猜測它的創意，非常不容易，所以歷來的說法很多樣。或以為王字象火炎的形象，或以為像雄性動物的性器形，或像斧鉞形，或像君王端坐形，或像冠冕形相。這些說法，都婉轉與王的權威有某種直接或間接關係。如果不與其他字形、字義都相近的字群去做比較，就很難確定哪一種說法比較接近原來造字的創意。

皇 ㄏㄨㄤˊ

huáng

甲骨文的皇字❶，看起來，前一形是比較早期的寫法，後一形是比較晚期的。金文的皇字❷，字形非常多樣化，本來是一個單體的形體，逐漸離析成為上下兩個構件。所以《說文》：「皇，大也。从自、王。自，始也。始王者，三皇，大君也。自，讀若鼻。今俗以作始生子為鼻子是。」把皇字的結構解釋為自字與王字的組合。

中國有三皇五帝的古代王朝的傳說。解釋皇字是開始有王的稱號的意思。但是皇字在甲骨文與金文的時代，都是當做輝煌的形容詞，並不是後來使用的王的稱號。所以這樣的說法也不對。

❶

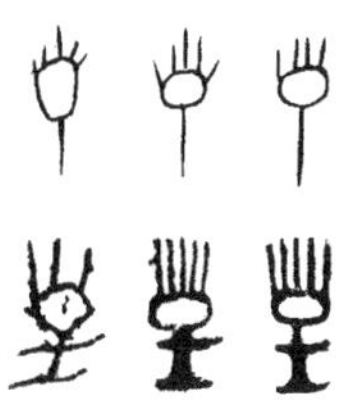

❷

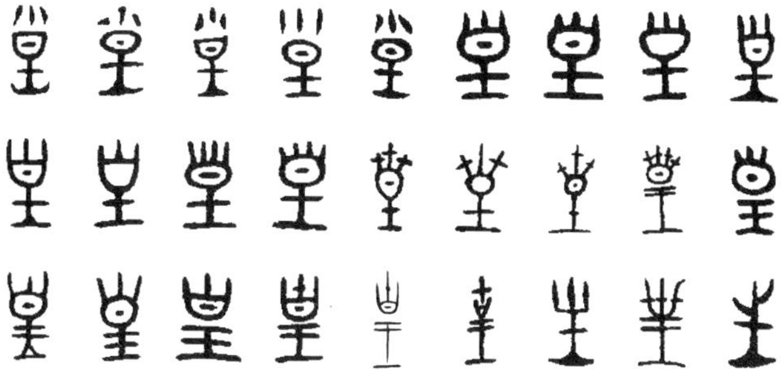

皇字最可注意的部分是上半部，圓形而上頭有三至五道線條。另有一個字也有這樣的特徵。《說文》：「，冕也。周曰覍，殷曰吁，夏曰收。从皃、八。象形。，或覍字。，籀文覍。从廾，上象形。」這個字的意義是冠冕，字形有三個，像一個人戴著一頂冠冕的形象。作雙手捧著一頂高頂的帽子形象。則是雙手捧著一頂頂上有插管的武士頭盔的形狀。這個帽子的形象和金文的冑字③，小篆的冑字，所表現的形象都屬於同一類。

有了以上字群的形象比較，我們可以了解甲骨文和金文④，字形都是弁字的前身。推斷皇字原來是表現一頂有三岐突出的裝飾的帽子形象。

至於王字與皇字下半的結構，都是一個三角形。在古文字裡，三角形會是代表什麼樣的事物呢？

③

④

令 ㄌㄧㄥˋ

lìng

甲骨文的令字[1]，一個跪坐的人頭戴著一頂三角形的東西。令字就是以頭戴帽子的人做為造字創意。戴帽子的就是下達命令的人。可能是為了作戰方便，下達號令的人如果頭戴帽子，就會高出人群，容易被部下發現，也容易被識別出來，接受他下達的指令。甲骨文的食字[2]，上部所表現的食器蓋子，與令字所戴的帽子同形狀，它們都是有容積，高高凸出的東西。《說文》：「令，發號也。从亼、卪。」根本沒有解釋為什麼令字會有發號施令的創意。

令字上半部的三角形，就是皇字、王字下半部的三角形，表現一頂樸素無文的帽子形狀。而也許是巧合，蘇美人的楔形文字，君王也

①

②

是和甲骨文的王字同形的，三角形之上有兩道短橫。

王權是有組織的社會必須存在的制度。為什麼古代的人會不約而同以帽子的形象表示王權？

晚商的一塊骨板上所刻畫的圖案（如232頁圖），可以幫助我們了解，到底「皇」字是怎麼樣的帽子。骨板上的圖案，表現一位頭戴帽子的神靈或貴族。這件帽子上頭裝飾有彎曲的角狀東西，帽子的正中還裝飾著一支高高翹立的羽毛形狀。羽毛上端有孔雀眼花紋及三簇分岐的羽梢圖案。這正是甲骨與金文的皇字所表現的形象。

皇字的下半部的三角形，就是頭戴的帽子的本體，一橫可能就是彎曲的角狀裝飾，有三分岐的圓圈就是孔雀羽毛尾部的特寫。皇字的字形著重於表現事物有羽毛的裝飾，所以古籍中皇字被使用為五彩染羽裝飾的帽子或持羽毛舞具的意義。皇本義是有羽毛裝飾的美麗東西，所以在文章裡被使用為偉大、壯美、崇高、尊嚴、閑暇、輝煌等等意義的形容詞。

王字所表現的就是皇字下半部的帽子本體，只是裝飾較為簡單而已。在文字上，三角形常被做為有結髮的人所戴的穹頂帽子。撲克牌的A，今日中國有人稱為帽子，就是因為A像是一頂高帽子的形象。北京地區的人又以「蓋帽兒」表示頂尖的人物。古今的中國人不約而同都以三角形為帽子的形象。中外都以帽子表達權威或偉大的概念，實在是有趣的巧合。

在一些四千到四千五百年前的大汶口遺址的陶器上，發現有羽冠的圖案（如232頁）。又在一個四千八百至五千年前的良渚文化遺址，發現神祇或貴族戴羽冠的紋飾，以及可以做為插羽毛的玉飾片。都與傳說的四千七百年前的黃帝時代相近。中國傳說創立冠冕制度的是黃帝。看來這個傳說有相當的可信度。

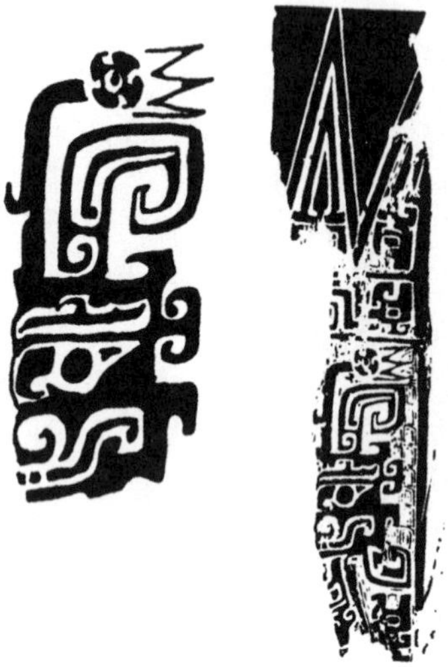

商代一件骨板上的圖案。帽子的形象，很像是皇字上半部的羽毛裝飾。

有刻紋的大口尖底灰陶缸高 60 公分，大汶口文化，約西元前 2500- 西元前 2000 年。

美 ㄇㄟˇ

měi

冠冕可能是在衣服中最不具有實際效用的東西，卻是很多民族的權威象徵。人們往往因為過度誇張帽子的象徵作用，而損害了帽子的實用性。帽子的效用，我們可以想像，首先是增加美感。因此甲骨文的美字①，就是一個人頭上裝飾著高聳彎曲的羽毛或類似的頭飾狀，用來表示美麗、美好等意義。金文的字形，頭飾的部分已經類化成為羊字，所以《說文》：「，甘也。从羊、大。羊在六畜主給膳也。美與善同意。」沒有看出美字裡有人的形象，而解釋為羊是甘美的食物，所以有甘美的意義。

自舊石器晚期以來，人們就曉得借用一些素材來裝扮自己，使自

①

己看起來美麗或有威嚴，時代越晚花樣也就越多。到了有貧富差距、階級有區別的時代，人們就以罕見的、難得的裝飾物打扮自己，以顯示身分比其他人高一等。因此帽子也很自然演變為地位的表徵之一。譬如北美的印第安人，酋長的羽毛頭飾就遠遠超過其他成員。中國雲南發現一處少數民族的崖畫。那些人的頭飾與甲骨文的美字，所表現的形狀幾乎一模一樣，而且，身子越大，頭上的羽毛裝飾也就越豐盛。絕大多數身子小的人，就沒有任何的頭飾（如左頁圖）。頭飾在古代或氏族的部落，顯然是一種很重要的社會地位表徵。

小規模的衝突不需要有人指揮戰鬥。但是一旦成為大規模衝突時，成千上萬的人參與作戰，就需要有人全盤統籌與指揮，才能獲得最佳戰鬥效果。指揮者如果希望他的指示能被部下知曉，即時因應戰場形勢，就必需讓部下容易看到他的號令和指示。同族的人身材大都相差不多，王者也不一定身材特別高大，如果沒有特別顯眼的標示，

雲南滄源少數民族的崖畫。
地位高的人，頭上有繁複不等的裝飾；
地位低的小人，就沒有頭上裝飾。

就很難在人群中辨識指揮的人。通常指揮者只有站在高點，穿著特殊服飾，他的舉動才容易被部下注意到。

高聳的帽子影響行動靈活度，本來是悠閑的形象，不戰的象徵，不應在行動激烈的戰場出現。但是，如果指揮者在戰場找不到人人可以看到的高地傳達命令，戴上高聳的帽子也可以達到類似效果。就因為如此，在戰爭時，以頭戴高聳頭飾為指揮官的形象。商代銅胄頂上有個長管，就是為了插羽毛類裝飾品用的。

在古代，頭飾是獲得領袖地位的重要象徵。不但在族群中如此，高聳的頭飾也容易被外族的人識別，知道此人與其他成員有不同的特殊地位，而受到應有的尊重。

通過繁瑣的考察，可以推論甲骨文王字的創意，很可能是表現一頂帽子的形象。在一個還沒有普遍戴帽子的社會，為了在戰場中容易讓部下見到王者，以便接受統一指揮，王者才不嫌累贅的戴起高帽子來指揮作戰。這個臨時的帽子，就變成王者的平常服裝，成為王者的象徵。

尹 ㄧㄣˇ

yǐn

在多階層的社會裡，人民對於國家的領導機構有服務勞役、兵役以及交租稅等等義務。最高領導的王者，不可能事事躬親處理，勢必要委託一些官員代為管理比較細瑣的事務。這些管理人員，通稱之為尹，而官職較高者則為君。後來君的意義被提升至更高的地位，而有了君王的新意義。

尹字與君字，究竟是依據什麼樣的理念創造的呢？

甲骨文的尹字①，一隻手拿著一件東西的樣子。金文的字形②，有了很大的變化。把手與拿著的東西連成一體而又訛化成為，或

①

②

甚至加上一個肉的符號。《說文》：「，治也。从又、丿。握事者也。，古文尹。」選擇的是比較早期的字形，古文則是基於後期的字形而又有所訛變。《說文》知道尹的字形表達手拿東西的意思，但說不出拿著的是什麼東西。

因為尹字的意義是治理人民的官員，所以有不少人以為尹字表現官員的一隻手拿著一根棍子，表達官員使用暴力懲治老百姓的意思。這就錯失了中國自古以來重視官僚政治的特性了。

打人的時候，手要掌握在棍子的下端，才能發揮打擊作用。但是尹字所顯示的，卻是拿著某物的上端的形象。古代以這種方式持拿的東西，最有可能的是毛筆。

目前大量存世的中國最早文獻，是三千多年前用刀契刻在獸骨或龜甲上的商代貞卜文字。因此常有人誤以為商代的人們以刀刻字，來製作紀錄。甚至有人以為，要等到秦朝的蒙恬發明毛筆後，中國人才用毛筆書寫文字。殊不知，商代的甲骨文和陶片上，都有用毛筆書寫的事實。其實，六千多年前的仰韶半坡遺址，從陶器上的彩繪，就可以充分看到用毛筆的痕跡。我們可以相信，商代的人已經普遍使用毛筆書寫文字了。

聿 ㄩˋ yù

筆字的初形是聿字。甲骨文的聿字❶，一隻手握著一支有毛的筆，有時則把筆的毛給省略了。金文的字形❷，同樣或把筆毛省略了。《說文》：「聿，所以書也。楚謂之聿，吳謂之不律，燕謂之弗。从聿、一。凡聿之屬皆从聿。」

因為字的自然演化，筆桿上增一個圓點，圓點又變成短筆畫，所以許慎就認不出來是描寫毛筆的形象了，因而分析錯誤。

毛筆大都以竹管為筆桿，所以後來就在聿字之上加筆管的材料竹，而成為筆字。毛筆在還沒有蘸墨汁時，筆毛是散開的，一蘸了墨

❶

❷

汁，筆尖就會合攏而可以書寫文字，所以有時寫成筆毛不散開的樣子。

書 ㄕㄨ shū

甲骨文的書字，一手握著一支有毛的筆管，在一瓶墨汁之上的樣子，點明毛筆蘸了墨汁就可以書寫的意思。金文字形①，變成了從聿者聲的形聲字。《說文》：「，箸也。从聿，者聲。」後來覺得字形太過繁雜，簡化成現在的書字，又恢復甲骨文的形象了。

書字的原先意義是書寫，後來才延伸至書寫下來的書冊。

①

君、畫

jūn

huà

甲骨文的君字❶，結構和書字相似。書字筆尖的毛已散開的樣子，君字則是筆尖的毛已合攏的樣子。當毛筆做為一個字的構件時，有時候筆毛是可以寫成合攏的。譬如甲骨文的畫字❷，手拿著一支筆在畫一個交叉的花紋的樣子。毛筆的尖端的毛是可以省略的。

金文的畫字❸，所畫的圖案變複雜了，小篆又進一步變化。《說文》：「，介也。从聿。象田四介。聿所以畫之。凡畫之屬皆从畫。，古文畫。，亦古文畫。」

早期的文字，以毛筆表達書寫和繪畫等有關的意義。可以了解商

❶

❷

代已普遍使用毛筆書寫。甲骨文君字的創意，字形與書字相似，一手握著筆管在一瓶墨汁之上，意思就是持拿毛筆寫字的人，就是發號施令的長官。

聿字與書字所表達的是有關書寫的事務，所以把散開的筆毛給畫了出來。尹字與君字則在強調拿筆管理人民事務的人，所以把筆的筆毛給省略了。這是創字者所選擇的區別的方式。這些字表達一個很重要的訊息：中國古代的官員是有文化的，懂文字書寫的。

競爭是自然界為了求生存所採取的手段，當發展到必須與其他團體爭奪自然資源時，為了保全自己，就只有通過各種可能方法，達到壓制對方的目的，而武力一向是其中最有效的途徑。尤其是到了經營定居的農業社會，不但有必要組織武力來保護自己辛勞耕耘的成果不被侵擾、掠奪，甚至為了取得肥沃的土地，佔有溫暖的地域，控制充

❸

分的水源，以保證糧食的生產，也必須組織大規模武力，從事經濟性的掠奪或佔有。

當生活不斷受到不可避免的戰爭侵擾，人們被迫接受強有力的中央集權的社會控制以便生存。為了更有效遂行戰鬥，就要有良好的組織，由有能力的人領導。這些過程，終於促成國家制度建立。

由於國家是在不斷爭戰中成長起來的，武士是從事戰鬥的成員，所以在西方，武士是被崇拜的對象，經常是最高領導人，一般的執政官也是軍人。但在中國，使用武力是不被讚美的，武士也往往是不被崇拜的。從尹字與君字的創意，大致可以了解，至遲在商代，通曉文字是擔任官吏的起碼條件。這可能因為中國以農立國，需要設立田籍，人民有付租稅、服兵役的責任，所以有強調文書寫作技巧的必要。

漢白玉學士圓雕
高 5.4 公分，
西漢，西元前 206- 西元 25 年。

史 shǐ、吏 lì、事 shì

尹是比較高階層的長官，真正辦事的是位階比較低的吏。在甲骨與金文裡，史、吏、事三個字，大致都是從史字演化過來的。

甲骨文的史字❶，是一隻手拿著一件物品的樣子。這件物品應該是從事史職務的人用來進行公務的器具。史是主管，或是統治者的助理，主要的工作是記錄，記錄事情的原委、過程以及決策。甲骨文的史字，手中所拿的這件東西，可能就是書寫的木牘與置放木牘的架子。

一般的書寫，使用單行的竹簡；然而，在朝廷上記錄政策擬訂或討論過程，如果使用單行的竹簡書寫，就很麻煩了，不僅需要經常更

❶

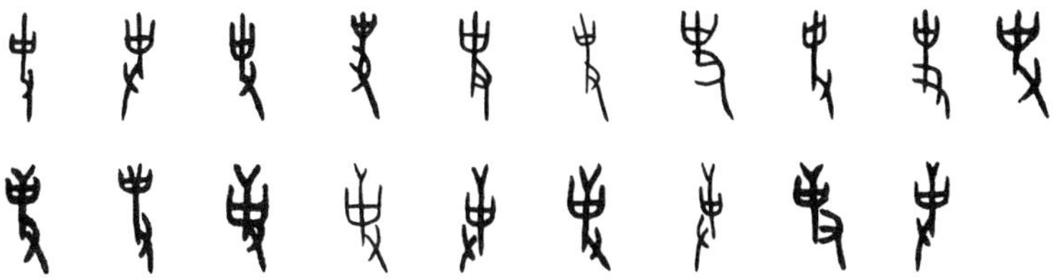

換竹簡，事後要把竹簡的次序重新排定，更要大費周章。所以，使用可以書寫很多行的木牘，比較方便實用。

金文字形②，大致保持原來創意的重點。《說文》：「，記事者也。从又持中。中，正也。凡史之屬皆從史。」中  是發布命令的旗子的形象，豎立在集團營區中央，不是可以拿在手裡的小件器物。

木牘的形狀本來應該是矩形的，如果如實畫出來，就可能與中字的形象混淆，所以就把下邊畫成彎曲而冒出來的，這是創造文字時有意的歪曲事實。譬如說，樂器打擊的棒子都是直的，但是為了要與以打擊為目的的棒子有所區別，就把這些字裡的棒子畫成彎曲的。

例如磬③，創意是一手持拿著棒子在敲打磬的樂器形。㱿字④，手持棒槌在敲打牛角的樣子。還有一個貞人（商代負責代替王向神靈

②

③

述說占問內容的官名）的名字㱿（くㄩㄝ）⑤，手持棒槌在敲打南形（鐘鈴類）的樂器狀。

所以，甲骨文的史字，造字創意很可能是一隻手拿著放置木牘的架子（沒有表現出來的是拿著毛筆以待書寫的另一隻手），這是以工具表達使用那種工具之人的方法。埃及的聖書體也經常以不同的工具表達不同的職業。

史，是從事記錄與保存記錄的人，可能也兼做其他工作，後來分化為史、吏、事三字。金文的吏字只有一形，與史字的分別很微小，只是架子的形狀稍有不同而已。《說文》：「，治人者也。從一從史。史亦聲。」《說文》：「，職也。从史，之省聲。，古文事。」從文字學的觀點看，史字、吏字與事字，都是表現一手拿著同樣的東西（木牘），職務也是相關的。

④

⑤

冊 ㄘㄜˋ cè

古代有些職業或官職是世襲的，作冊就是其中之一。所以銅器上的所謂族徽符號，常在名字上加一個冊字，表示他們的家族有作冊官職的傳統。甲骨文的冊字❶，表現很多根的竹簡使用繩索編綴成一篇簡冊的樣子。金文的字形❷，大致保持原有的創意。

《說文》：「冊，符命也。諸侯進受於王者也。象其札一長一短，中有二編。凡冊之屬皆从冊。笧，古文冊。从竹。」冊字原先表達有特定用途的文書。銅器的銘文反映，當周王要正式賞賜一位諸侯時，先使作冊的官員擬就封賞的文章而寫在簡冊上，作冊讀完賞賜的內容以後，就把這篇冊文交給接受獎賞的人，由接受獎賞的人佩帶在腰際

❶

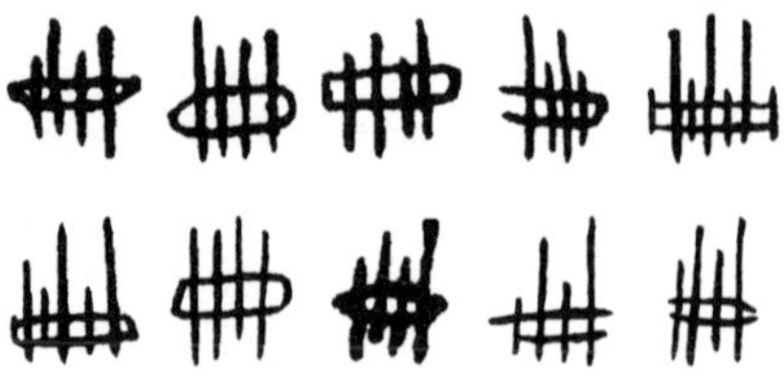

而離開儀式的會場。

史和作冊的職務，雖然都是與書寫有關的官職，但性質完全不同。史是臨場的記錄，使用可以書寫很多行的木牘，在現場做紀錄。作冊則是接受命令，事前撰寫賞賜的文辭在多根竹簡上，然後把竹簡編綴起來成為一卷，讓受賞的人可以攜帶出場。

❷

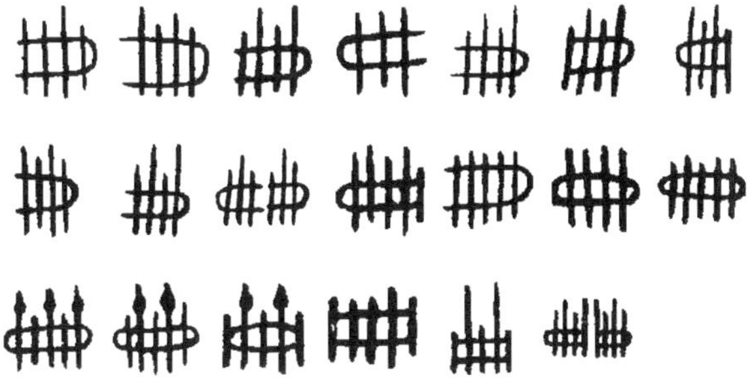

典 ㄉㄧㄢˇ diǎn

甲骨文有典字①，兩隻手捧著一本已經用細繩索編綴成冊的典籍的樣子。典字指稱重要的典籍，不是一般的文章。篇幅比較長，竹簡的數量也比較多，所以重量比較重，要用雙手來捧著讀。

典字只有一隻手的字形，是省減筆畫的結果。兩隻手之間的兩小橫畫，有可能是有意的，要與冊字有所區別。金文的字形②，不知為何，雙手被寫成了丌。

《說文》：「典，五帝之書也。从冊在丌上，尊閣之也。莊都說：典，大冊也。𥮥，古文典从竹。」解釋這個字形是為了表示對於典籍

①

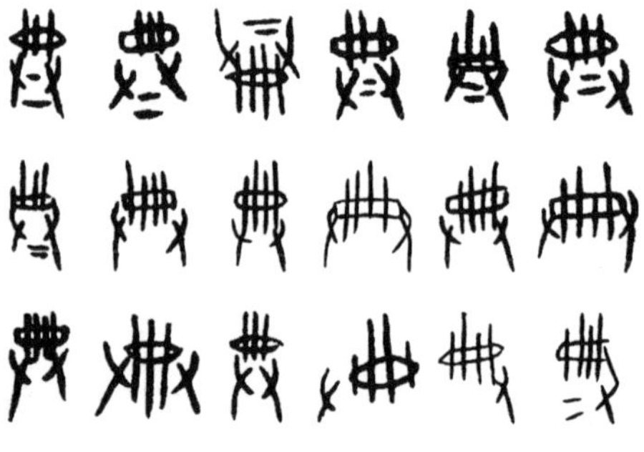

②

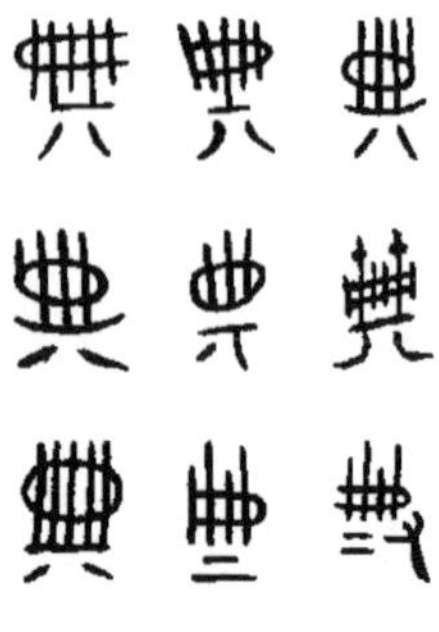

的尊敬，就把冊子放在矮几上。莊都說典字是大冊的意義，應該是比較近於原先的創意，大冊才需要以雙手捧著讀。

巫 ㄨ wū

甲骨文的巫字❶，作兩個I形交叉的器具形狀。從金文的筮ㄕˋ字，可以推斷出，巫字是以施行法術時所使用的工具來稱呼巫的職務。

筮字由三個構件組合，最上部是竹字，應該是工具的材料。最下部是廾字，表達操作工具的雙手。中間的巫字，則是工具的形狀。《說文》：「，長六寸，所以計厤數者。从竹、弄。言常弄乃不誤也。」筮字的意思是搬弄道具而得出一個數目，以數目的單或雙來判斷一件事情的吉或凶。

❶

綜合巫與筮字的字形與意義，可以了解巫是一種竹子製作、長約六寸的竹籌，利用搬弄竹籌的排列而得到一個數目，以這個數目作為判斷吉凶的依據。《說文》：「巫，巫祝也。女能事無形，以舞降神者也。象人兩褎舞形。與工同意。古者巫咸初作巫。凡巫之屬皆从巫。𢍉，古文巫。」解釋字形為巫在跳舞的形象，這顯然是錯誤的。

巫的主要職務，是通過占卜手段來預測未來吉凶。占卜的方法可以使用龜卜，也可以使用筮占。使用筮占，比較容易用圖畫創意來表現，所以造字的時候，選擇以交叉的竹籌占卜道具來表達巫師的職務。《歸藏》說：「黃帝將戰，筮於巫咸。」也印證巫的職務是占卜的古老傳統。

巫的職業並不是遠古蒙昧時代就有的工作，而是原始宗教概念產生以後才有的。人們對於威力奇大而又不能理解的自然界，開始有了疑惑與畏懼，透過想像產生神靈。神靈不會直接和人說話，所以如何把願望上達，如何得到神靈的指示，無疑是很重要的事。如果有人有能力與鬼神交通，肯定就會得到大家的信賴和尊敬。

譬如，一般人不曉得如何燒灼甲骨使骨面形成紋路的訣竅，只有巫師有辦法在短時間內燒裂甲骨而得到答案，所以巫在古代社會享有崇高的地位。

在社會還沒有等級分別的更早期社會，人人社會地位平等，因此被認為具有特殊能力、能夠與鬼神交通的人，只是業餘接受請託，沒有特殊社會地位，也不成為一種專業。要等到社會有了等級，產生能約束他人的領袖以後，鬼神的世界也才也有等級，有了至高的上帝。那時宗教活動也成了生活的重要內容，才有專業神職人員，享有高出眾人的社會地位和威望。

傳說中國最早開始有政府組織、有階級分別、有加強社會制約的人為制度，是從黃帝的時代開始的，這時也有了傳說的專業巫師。《莊子．應帝王》與《列子．黃帝》都有「黃帝時有巫咸」的記載：「知人死生存亡，禍福壽夭，期以歲月旬日，若神。」（能夠知道某個人的生存或死亡，有災禍或福氣，能夠長壽或早年夭折。預告某個人的死亡在哪一年，哪個月，哪一旬，哪一天。都像神一樣的準確。）目前還沒有見到關於巫師出現時代的更早說法。

精靈是人們想像出來的東西，也被認為和人一樣有欲求，所以人要想辦法取悅神靈，期望神靈降下福佑，或幫助人避免災難。如何取得這些訊息，以達到祭祀鬼神的最大效果？就是靠巫師用占卜的方法，以確定那位神靈能給予助力，以及最好供奉什麼樣的祭品。所以，占卜是巫者的最早職務。中國在五千多年前就已經發現有骨卜的習慣，比傳說的黃帝時代還要早一些，或許那還是屬於業餘的巫的時代。

古代巫者最實用的能力是替人治病。《山海經》大荒西經和海內西經等篇章都提到，「巫咸、巫即、⋯，十巫從此升降，百藥爰在」、「皆操不死之藥」。述說巫師升降天廷的地方有種種藥物存在，巫師操控讓人不死亡的藥物。巫師在行使巫術時，要使自己的精神達到恍惚、狂癲的狀態，才能產生幻覺而與鬼神對話，或敢施行危險動作。那種境界很難只由唱歌、跳舞得到，還要借助藥物。有時也要讓病人服藥，進入恍狀況，才能施行巫術。

巫師對於疾病的反應和治療的經驗，遠比他人豐富，對於某些藥物與病徵的關係持續有所發現，很自然逐漸發展成為善用藥物治療的醫生。所以中國傳說中的早期名醫，都具有巫身分。《說文解字》說「古者巫彭初為醫」，述說第一個從事醫師工作的人是巫師。

除醫病之外，巫師的大用，應該是具有調節風雨的神奇魔力。所以《周禮・司巫》說：「國有大災，則帥巫而造巫恆。」（率領巫師作巫的經常性巫術。）巫經常從事的工作是安靜風勢、降下雨水。

商代卜辭常問祭祀巫以寧風。風和雨是相關的。中國以農立國。農業的豐歉，與雨量的多寡及適時與否，有莫大關係。

華北夏季經常鬧旱災。商代求雨主要用兩種辦法，一是跳舞，一是焚燒巫人，偶爾才豎立土龍。所焚燒的都是巫師，不是一般罪犯或奴隸。卜辭卜問求雨時，所燒烤的人，都是有名字的要人。而且文獻也記載夏禹和商湯都曾經自身求雨來解救旱災。這種方式大概是基於天真的想法，希望上帝不忍心讓他的代理人受到被火燒焚的痛苦，從而降下雨水以解除巫師的困厄。但是這種方式太過殘酷，太過痛苦，巫師也不想自己以身試法。所以商代已多用奏樂跳舞而少用焚巫的辦法。

不過，這種習慣到春秋時代還見提及。《左傳》魯僖公廿一年和《禮記·檀弓》，都有要焚巫以救旱災的記載。看來在古代，巫師常冒著生命危險施行巫術，或是在吃藥之後做出危險動作。

巫師在商代，生前有異常功能，能夠與鬼神交通訊息，備受大眾尊敬。如以焚巫的方式求雨，巫有可能殉職，所以死後也被認為是神靈而接受祭祀。卜辭提到接受祭祀的巫師，有東巫、北巫、四巫等。想見四方都有巫師的神靈。其他的官員就沒有接受祭祀的記載。

到了戰國時代，巫師的職務，主要仍然是舞雩ㄩˊ降雨以解除乾旱，操作法術以祛除病疾，以及在喪事、祭祀的時候聯絡鬼神。但是地位比起商代，已經大為降低了。

後世稱呼以藥物治病的人為醫，以祈禱等心理方法治療的人為巫。商代只見巫字，不見醫字。

戰國時代以後的人比較不相信鬼神，對於使用唱歌、念咒、舞蹈以交通鬼神而達到治病目的的人，多少有一些輕視意味。但是在原始宗教迷信充斥的古代，不論中外，能夠與鬼神交通的人，都非常受尊敬，享有很高的地位，甚至文明發展的許多項目也得力於他們的努力。

巫在文化發展上還有幾個貢獻：主持祭祀時娛悅神靈的樂舞，發展成為後世的戲劇、樂舞等藝術；文字的使用，也經過他們的手而加速發展；商代的甲骨文就是他們留下來的占卜紀錄。在中國，朝廷的紀錄雖由史官負責，但早期應源自巫師的需要。一般人只需記錄一些自己擁有的財貨，巫師則要記載各種神靈的魔力、與鬼神交通的經文、施行魔術的方法等等，這些複雜的紀錄，一定要有較為精密體系的文字才能辦得到，因而促進發展出一套書寫系統。在西洋，基於同樣需要，圖書一向由僧侶掌管，成為知識的泉源。

祝 ㄓㄨˋ

zhù

祝在後代，是與巫有類似職務的官員，所以巫祝成為一個複詞。

甲骨文有祝字❶，作一人跪拜於祖先神位的示字之前，或張開嘴巴在祈禱，或兩手前舉做出祈禱動作的樣子。金文的字形❷，還保留這兩種字形。

《說文》：「祝，祭主贊詞者。从示、从儿、口。一曰从兌省。易曰：兌為口、為巫。」小篆就只保留一個字形。認為祝和巫的職務有關係，也是做為名詞使用。

❶

❷

但是，祝字在甲骨卜辭卻多做為動詞的祝禱意義，而不是一種職位的稱呼，祝禱的對象也以祖先的神靈為主。一般認為祖先神靈的能力，要比自然界的神靈差一些，如果說祝在商代也是一種官職的話，從他們不具與自然界鬼神積極溝通的能力這一點來看，祝的地位就就會比巫師低。

戰國時代，人們迷信程度減低，祭祀常成為例行儀式而不再具有遂行巫術的意味。因此做為王的代言人的祝，依《周禮．小祝》所說的職務，代理國王實行祈禱福祥、順豐年、逆時雨、寧風旱、彌災兵、遠罪疾等國家的大事。祝一直能服務王廷，也受到人們尊敬，不像巫者漸漸淪落為不被人尊重，甚至鄙視的一種職業。從商、周的文獻看，巫與祝的工作是很不同的。

工 ㄍㄨㄥ gōng

在甲骨卜辭，有百工一詞，泛指商王的官吏群，所以也來探求這個字做為官員的原因。

甲骨文的工字①，早期的字形作，後來簡省為。金文的工字②，都是從後一字形發展而來。《說文》：「工，巧飾也。象人有規矩。與巫同意。凡工之屬皆从工。，古文工。从彡。」實在看不出，這個小篆字形或早期的字形，如何有人的形象在其中。

對於工的字形，學者有些不同的意見。有以為它是石斧，因為以斧頭伐木是手工藝最基本的工序。或以為是一串玉的形狀，認為由琢

①

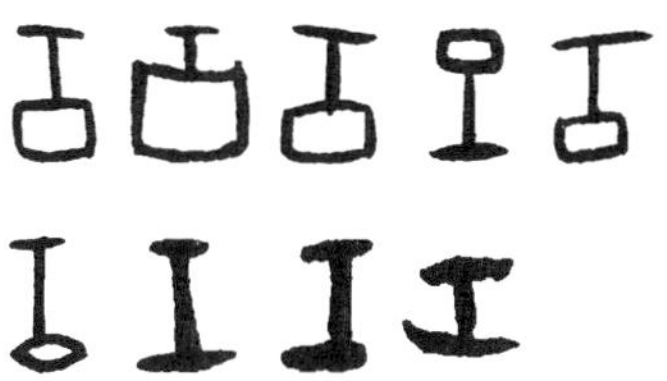

②

玉而發展到其他種類的技藝。或以為是一種畫直線的矩形工具，或是纏繞絲線的工具。若要探尋工字的創意，需要從攻字來下手。

攻 ㄍㄨㄥ gōng

甲骨文的攻字，是一個人名，字形是一隻手拿著一個彎曲的棒槌，在敲擊某種工形的東西，而且還有三個小點在四周的樣子。甲骨文字形中的彎曲的棒槌，是特意要表達希望造成某種效果，所以把原來是直柄的棒槌故意畫成了彎曲的樣子，這樣的例子有好幾個字。

工字在攻字之中，顯然是一種接受敲打的東西，而不是用以砍伐木材、繪畫直線、測量或紡織的工具。

在甲骨文，曲柄的殳(ㄕㄨ)經常是對於樂器或食器的使用，和以手拿著木杖撲打或驅趕的直柄棍棒的攴字很不一樣。工字很可能是一種樂器，比如鐘、磬一類被懸吊使用的樂器形。商代遺址所見到的狹長平板狀的石磬，可能就是工字所描繪的樂器。

磬是以石頭製作的樂器名稱，每一件石磬只能敲打出一個音高的音來。剛打造出的磬，不一定能打擊出符合要求的音高，還要經過調整音高的步驟。調整磬樂音調高低的要點，在於調整磬體，使磬體達到理想的厚薄與寬窄。刮削磬的表面，使它變薄，音就降低。刮削磬的邊緣，則聲調就升高。因此要把音調降低，就要在磬面上磨刮使它薄一點；升高音調，就要把磬的邊緣磨去一些。這種刮削和打磨磬的調音方式，《考工記》有記載：「已上則摩其旁，已下則摩其耑（ㄉㄨㄢ）。」（使音調升高要刮磨磬體的旁邊，使音調降低則要刮磨磬體的表面。）

甲骨文攻字，石磬下還有三小點，就是被刮下來的石屑的寫照。刮削石磬的表面或兩旁，產生石屑，是石磬校音的必要過程與模樣。

校音是為了改善音的品質，所以攻字也常有預期達到更好效果的引申意義。這樣看來，攻字的創意，來自於使用棒槌敲打懸吊著的石磬，然後刮磨磬體而致掉下石屑，用這種方式來調音。

《說文》：「攻，擊也。从攴，工聲。」純粹把攻字當做一個形聲字來看待，就沒有掌握到工字的真正創造的要點。

通過攻字，可以明白工是一個懸吊著的磬樂器的形象。但為什麼要以樂器來代表官員呢？

在古代神道設教的時代，音樂被認為有神異的力量，可以招致鬼神而獲得福佑，音樂就成為國家施政的大事。樂師是參與祭典的少數人之一，不用說，他們的身分要比其他工匠高，甚至高於一般官員。但音樂慢慢演變成一種娛樂節目，供職的人多，神祕性也消失，地位也就跟著下降。最先與百官同流，名為「百工」，後來就低到與一般工匠為伍。

辭 ㄘˊ cí

工字表現的是一種和製造工藝有關的事務，後來就被命名為管理製造業的官員。辭工，就是管理工務的官員，後來才被改為司空。管理土地事宜的辭土，後來也被改為司徒。管理軍事的辭馬，後來也被改為司馬。

那麼，先來了解「辭」字的創意，才能了解這三個官職的意義。

金文出現非常多的辭字①，將這些字形加以分析，初形是，由兩個構件組合而成。字又由幾個構件組成。代表一束絲線。是捲絲線的線軸形象。所以字表現兩隻手在線軸

①

的上下兩邊，在整理纏亂的絲線。 是一把鉤針的形象。辭是治理的意義。因此我們可以推論，辭字表現一隻手拿著一束在線軸上的絲線，一手拿著鉤針來整理亂絲，所以有治理的意義。

字後來加一個填充的無意義的符號口而成為。這是文字演化的常規。《說文》：「辭，說也。从𤔔辛。𤔔辛猶理辜也。𤔲，籀文辭从司。」知道後來改變為辭字。大概司字不像是勾針的形象，所以改為像是勾針的辛字。

中國的文字有個很特殊的現象。一個文字除了創字時的中心意義以外，還可以兼帶很多擴充的有關意義。像太陽象形字的日字，也兼帶有一日、一天的意義。經過長期間的擴充，有時一個字可能擁有一些不太相關，甚至是相反的意義。譬如亂字，在周代兼有治與亂的相反意義。如《尚書・皋陶謨》「亂而敬」、《尚書・泰誓》「予有亂臣十

人」的亂字，都有治理的意義。《說文》：「，治也。从乙。乙，治之也。从𤔔。」說明亂有治之的意思。顯然乙是的變形，亂字的創意也是絲線纏亂要以勾針去解開纏亂的絲線，所以才有亂的意思。絲線纏亂了就要加以整理，使線索就緒，所以也有了治理的意思。

另外，甲骨文的絕字②，作兩股絲線被切成幾段的樣子，所以有斷絕的意思。金文，把三截的短橫線連接成為刀字。《說文》：「，斷絲也。从刀糸卩聲。㡭，古文絕，象不連體絕二絲。」知道甲骨文與金文的字形後來演變成為絕字。

古文字常是正寫與反寫不分。絕的古文字形反寫是𢇍ㄐㄧˋ，《說文》：「，續也。从糸㡭ㄐㄩㄝˊ。𢇍，繼或作𢇍，反㡭為𢇍。」所以繼與絕的古代字形，是正寫與反寫的分別，創意同樣是來自於紡織的作業。絲線亂了就要用刀切斷再加以接續，所以演變成有斷絕與接續的兩層意義。

②

司 ㄙ sī

金文的字形的省略是司字。不知為何，甲骨文有司字而無辭字。甲骨文的司字❶，有可能是辭字的省寫，也可能自有創意。由鉤針與容器的字形組合，或是表達絲線治理後放進籃子裡，以待進一步的處理。

金文的字形保持不變❷。《說文》：「司，臣司事於外者。从反后。凡司之屬皆从司。」沒能解釋創意為何，只分析為后的反寫。《說文》：「后，繼體君也。象人之形。从口。易曰：后以施令以告四方。凡后之屬皆从后。」解釋像人君以口施令，以告四方。

❷

❷

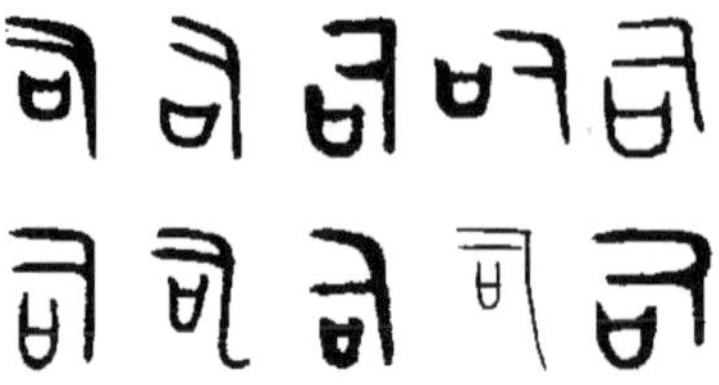

問題是，這個字並不從人形，人人皆有嘴巴，以人的嘴巴，實在很難會意君王的意義。

後記

《字字有來頭》第三冊、第四冊，主題是日常生活。這個主題所談的字，與人類主要活動有關，由於內容豐富，所以分為兩冊呈現。〈日常生活篇Ⅰ〉介紹的字，涵蓋：食物與衣服。〈日常生活篇Ⅱ〉介紹的字，涵蓋：居住與行路。

食物的章節，介紹食物的種類，食物的採集與加工，烹飪的方式，酒食的用具以及宴席的禮節。

衣服的章節，則介紹衣服的採用，游牧與農耕的不同生活方式、衣服剪裁差異，及衣服相關的配件與裝飾。

居住的章節，介紹住家地點的選擇，克服水患而發展到平地的過程，建築的形式，房間的分室與裝飾，家具與住家環境的改進。

行路的章節，介紹交通的作用，行路的修建，車輿舟船的建造，行路的危險與旅舍的設置。

字字有來頭：文字學家的殷墟筆記 . 2, 戰爭與刑罰篇 / 許進雄作 . -- 初版 . -- 新北市：字畝文化創意出版：遠足文化發行, 2017.06
面；　公分 . -- (Learning ; 4)
ISBN 978-986-94861-2-5(平裝)

1. 漢字 2. 中國文字
802.2　　　106009766

Learning004

字字有來頭 文字學家的殷墟筆記 02戰爭與刑罰篇

作者　許進雄

字畝文化創意有限公司
社長兼總編輯　馮季眉
編輯　戴鈺娟、陳心方
封面設計及繪圖　三人制創
內頁設計及排版　張簡至真

讀書共和國出版集團
社長：郭重興　發行人：曾大福
業務平臺總經理：李雪麗　業務平臺副總經理：李復民
實體書店暨直營網路書店組：林詩富、郭文弘、賴佩瑜、王文賓、周宥騰、范光杰
海外通路組：張鑫峰、林裴瑤　特販組：陳綺瑩、郭文龍
印務部：江域平、黃禮賢、李孟儒

出版　字畝文化創意有限公司
發行　遠足文化事業股份有限公司
地址　231 新北市新店區民權路 108-2 號 9 樓
電話　(02)2218-1417
傳真　(02)8667-1065
電子信箱　service@bookrep.com.tw
網址　www.bookrep.com.tw

法律顧問　華洋法律事務所　蘇文生律師
印製　通南彩色印刷有限公司

2017 年 6 月 28 日初版一刷　2023 年 5 月初版七刷　定價：380 元
ISBN 978-986-94861-2-5　書號：XBLN0004

特別聲明：有關本書中的言論內容，不代表本公司／出版集團之立場與意見，文責由作者自行承擔。